Hortense Ullrich

Ehrlich küsst am längsten

Thienemann

Für Allyssa und Leandra –

Und endlich der längst überfällige Dank an:
die Hersteller von Tiefkühlkost,
Kaffee-Importeure
und Schokolade-Produzenten,
die wesentlich dazu beitrugen, dass ich auch Band 9
der Jojo-Serie schreiben konnte.

Montag, 27. Mai

»Also, ich war zuerst hier. Sie müssen sich schon einen anderen Platz suchen!«

Der Mann sah mich freundlich nickend an. »Da, da.«

»Was? Wo?« Ich sah mich um.

Jetzt schüttelte er mir die Hand und sagte mit einer kleinen Verbeugung: »Sergej.« Dann klopfte er mir auf die Schulter und sah in die Ferne.

Ich stand im Einkaufscenter am Brunnen und wartete auf meine Freundin Lucilla. Sie wollte mit mir nämlich unbedingt ihr Kleid für eine Party aussuchen, die der Friseurladen *Haarscharf* hier in der Stadt veranstaltete. Die *Haarscharf*-Party war der Höhepunkt im Leben eines Teenagers, versicherte Lucilla mir immer wieder. Eine Nichteinladung kam offensichtlich einem gesellschaftlichen Todesurteil gleich und man konnte sich danach eigentlich nur noch zum Pinguinzählen am Südpol bewerben.

Mir persönlich war das alles ja ziemlich schnurz, aber Lucilla sprach von nichts anderem, denn außerdem sollte die Party ihr erster großer öffentlicher Auftritt mit ihrem neuen Freund Justus werden.

Jetzt musste ich aber erst mal den Typen loswerden, der sich so selbstverständlich neben mich gestellt hatte und immer mehr Leute herbeiwinkte. Ich musste Lucillas und meinen Treffpunkt am Brunnen verteidigen.

Irgendwie schien Sergej jede Menge Freunde oder Brüder zu haben, die sich um uns gruppierten und von Sergej fröhlich begrüßt wurden.

Wie sollte mich Lucilla denn in diesem Pulk von Leuten finden?

»Meine Freundin Lucilla kommt gleich«, erklärte ich Sergej und schob höflich ein paar Leute zur Seite. »Wir sind hier verabredet.« Ich sah auf die Uhr. »Okay, eigentlich müsste sie schon seit zwanzig Minuten da sein. Aber sie kommt bestimmt. Und ich muss hier auf sie warten. Das verstehen Sie doch sicher.«

Sergej nickte wieder und winkte die nächste Gruppe heran. Alle sahen aus wie Sergej. Zumindest hatten sie alle die gleichen komischen Kosakenhemdchen an. Es musste wohl irgendwo hier im Einkaufscenter einen Super-Sonder-Rabatt geben. Oder sie gehörten zu einer Reisegruppe aus Moskau, deren Erkennungszeichen diese Hemden waren.

Die Kosakenhemden scharten sich um mich und blickten alle nach vorn. Und als ob das noch nicht gereicht hätte, fing auch noch einer an zu brummen.

»Geht es Ihrem Freund nicht gut?«, fragte ich Sergej und deutete auf den Brummer.

Er strahlte wieder und meinte: »Da, da!« Dann fing auch er an zu brummen und die anderen stimmten mit ein.

Das wurde ja immer schlimmer!

Vorn stand ein Mann, größer, bärtiger und dicker als die anderen, er begutachtete die Schar um mich herum und hob die Hände. Dann blieb sein Blick an mir hängen, er ließ die Hände wieder sinken, deutete auf mich und fragte etwas. Ich verstand keine Silbe.

Sergej neben mir antwortete ihm und zuckte die Schultern.

Der Mann sah mich nochmals kurz an, zuckte dann ebenfalls die Schultern und wandte sich wieder der Gruppe zu. Er hob die Hände erneut und das Brummen hörte auf. Ach, so einfach war das?

Plötzlich sah ich Lucilla. Sie steuerte einen Tisch vor der Eisdiele auf der anderen Seite des Brunnens an.

Typisch Lucilla! Dieses Schusselchen hatte doch glatt vergessen, wo wir uns treffen wollten!

Ich fing an zu winken und Lucilla winkte plötzlich auch. Aber in die völlig falsche Richtung. Ich stieg auf den Brunnenrand, um Lucilla auf mich aufmerksam zu machen.

Lucilla winkte immer noch, aber immer noch in die falsche Richtung.

Ich winkte noch doller, wie eine Windmühle auf

Freigang. Das hätte ich besser nicht tun sollen, denn ich verlor das Gleichgewicht und drohte in den Brunnen zu stürzen. Geistesgegenwärtig hielt ich mich an Sergej fest, also an seinem Kosakenhemdchen. Leider riss dabei der Ärmel ab. Es gab einen hellen Blitz und ich schrie auf. Während ich weiterfiel, überlegte ich, wie ich meiner Mutter ein Bad im Brunnen des Einkaufszentrums erklären sollte. Musste ich aber dann doch nicht, denn der gute Sergej erfasste die Situation und rettete mich.

Dankbar umarmte ich ihn, er lachte. Einige seiner Freunde hatten auch helfend eingegriffen und ließen nun langsam meine Arme wieder los. Und wieder blitzte es.

Der Mann ganz vorne bewegte wieder seine Hände und die Reisegruppe fing an zu singen. Merkwürdige Leute. Aber hilfsbereit. Mir wurde es jetzt allerdings zu laut, ich wand mich aus der singenden Gruppe raus und lief zu Lucilla.

Sie saß im Eiscafé an einem Tisch, inzwischen stand ein Eisbecher vor ihr und ein zweiter vor dem leeren Stuhl ihr gegenüber. Die gute Lucilla! Zwar war sie schusselig, aber dafür hatte sie schon für mich bestellt.

Erschöpft ließ ich mich auf den Stuhl fallen und stöhnte: »Du glaubst es nicht, ich wär eben fast in den Brunnen gefallen!«

Lucilla erschrak, als sie mich sah. »Jojo!«, quietschte sie. »Was machst du denn hier?«

Ich lächelte milde, das Frisch-verliebt-Sein hatte

eindeutig Auswirkungen auf ihr Erinnerungsvermögen. Ich hatte Verständnis dafür. War mir schließlich auch so gegangen, als ich damals Sven kennengelernt hatte.

»Wir sind verabredet, Schusselchen«, sagte ich lieb.

»Aber nein, sind wir nicht! Wir sind morgen verabredet. Vielleicht wolltest du dich ja mit Sven treffen?«

»Nein, er hat heute keine Zeit.«

Lucilla zuckte die Schultern. »Tja, dann kann ich dir auch nicht helfen. Jedenfalls sind wir beide nicht verabredet!«

Ich schaute auf den Eisbecher. »Und wieso bestellst du dann ein Eis für mich?«

»Ähm, Jojo, das Eis ist nicht für dich! Und bitte, bitte geh jetzt ganz schnell.«

Ich war nicht verblüfft, ich war wie vom Donner gerührt. Was war denn mit Lucilla los?!

»Bitte! Ich hab jetzt keine Zeit, es zu erklären. Meine Verabredung kommt jeden Augenblick und dann möchte ich nicht, dass du ... ähm, dass ... ach bitte, Jojo, geh einfach. Ich erklär dir morgen in der Schule alles. Okay?«

Wie in Trance stand ich auf.

Lucilla schaute mich noch einmal streng an. »Wir waren wirklich erst für morgen verabredet!«

Ich war absolut sprachlos und ging irritiert davon, in der Ferne hörte ich einen Männerchor singen.

Dienstag, 28. Mai

Kann man seine Familie umtauschen?

Als ich heute Morgen in die Küche kam, saß meine Mutter über die Zeitung gebeugt. Meine jüngere Schwester Filipine saß daneben und schaute ebenso interessiert in dieselbe Zeitung.

Als Flippi mich sah, hob sie ihr Milchglas und sagte mit dunkler Stimme: »Nastrovje!« Dann leerte sie das Glas auf einen Zug und meine Mutter konnte es ihr gerade noch aus der Hand reißen, bevor Flippi es hinter sich werfen wollte.

»Flippi, hör auf mit dem Blödsinn!«, schimpfte sie.

Flippi sah sie erstaunt an. »Hey, ich hab damit nicht angefangen.«

Meine Mutter seufzte und sah mich sorgenvoll an.

»Was ist denn los?«, erkundigte ich mich.

»Versteh mich jetzt bitte nicht falsch«, begann meine Mutter zögernd. »Du weißt, ich war immer dafür, dass man sich mit anderen Kulturen und Gebräuchen beschäftigt. Das kann sehr hilfreich sein und den Horizont erweitern.«

Ich setzte mich und wartete auf den Punkt, von dem an ich wissen würde, worum es ging.

Meine Mutter hielt einen längeren Vortrag über andere Länder und Sitten und ich hoffte, dass ich es wenigstens noch rechtzeitig zum Abitur in die Schule schaffen würde. Ob mich wohl jemand in den Jahren bis dahin vermissen und mir die Hausaufgaben vorbeibringen würde?

»… also, du siehst, ich bin durchaus aufgeschlos-
sen. Aber …« Hier stockte meine Mutter und sah
mich verzweifelt an. »Warum musste es denn ausgerechnet ein russischer Männerchor sein?«

Ich sah sie entgeistert an. »Wovon redest du?«

Wortlos schob mir meine Mutter die Zeitung rüber. Auf dem Bild in der Mitte waren Sergej und seine
Freunde abgebildet. Und ich! Oh Gott, das war wirklich ich! Das Foto war genau in dem Moment gemacht
worden, als ich mich an Sergej festgehalten und dabei seinen Ärmel zerrissen hatte. Und es gab noch
ein zweites Bild, auf dem ich ihn vor Dankbarkeit umarmte und andere hilfreiche Hände sich mir ent-
gegenstreckten. Eigentlich ja nicht so schlimm.
Schlimm war die Bildunterschrift: *Der zurzeit in der
Stadt gastierende Kosakenchor aus Moskau erfreut sich auch
bei den Jugendlichen großer Beliebtheit. Ein weiblicher Fan
ging sogar so weit, einem der Chormitglieder das Hemd vom
Leib zu reißen, und konnte nur mit Mühe von seinem Idol
getrennt werden.*

»Das war ich nicht«, stammelte ich, »also, ich
meine, das war nicht so!«

Meine Mutter stöhnte.

Flippi griff nach der Kaffeetasse meiner Mutter.
»Nastrovje!«, rief sie abermals und wollte sie austrin-
ken.

Meine Mutter nahm ihr genervt die Tasse aus der
Hand. »Flippi, hör mit dem Blödsinn auf! Wann
kannst du dich endlich mal ganz normal benehmen?«

Kaum hatte sie den Satz ausgesprochen, da sah meine Mutter richtig erschrocken aus. Normalerweise versucht sie nämlich – den Eltern-Ratgebern folgend – immer verständnisvoll und freundlich auf uns einzugehen. Das würde interessant werden.

Flippi schaute sie erst ein wenig vorwurfsvoll an, dann wurde ihr Blick weicher. Sie tätschelte meiner Mutter den Arm. »Ich weiß, du bist gerade sehr aufgebracht und meinst es nicht so. Das ist in Ordnung. Lass deinen Gefühlen nur freien Lauf.«

Damit verschwand Flippi aus der Küche.

Ah, da hatte wohl wieder jemand die Erziehungsratgeber meiner Mutter gelesen.

Meine Mutter atmete tief ein und ich ging automatisch zum Schrank, in dem der Tee aufbewahrt wurde.

»Lass den Tee«, sagte sie streng.

Oha, es würde wohl wirklich ernst werden, wenn sie nicht mal den Versuch machte, den Nerven-Beruhigungs-Tee oder den Mutter-Tochter-Gesprächs-Tee zu trinken.

»Setz dich«, meinte sie. »Seit wann interessierst du dich für russische Männerchöre?«

»Ach, das hat nichts zu bedeuten«, versuchte ich abzuwiegeln.

»Jojo!«

Gut, nichts mit abwiegeln. »Ach, das war eigentlich ganz witzig. Ich wäre fast in den Brunnen gefallen. Sergej hat mich gerettet.«

»Sergej?«

»Ja.«

»Sergej also. Seit wann kennst du ihn?«

»Mam! Du hast da völlig falsche Vorstellungen.«

»Der Mann ist uralt!«

»Also hör mal, der ist jünger als du!«

»Jojo, darum geht es nicht. Der Mann ist zu alt für dich! Was ist mit Sven? Sven ist so ein netter Junge!« Meine Mutter sah verzweifelt in die Ferne. »Wir hätten nicht umziehen sollen«, murmelte sie vor sich hin.

Oh nein, jetzt nicht diese Nummer! Wir waren nämlich erst vor Kurzem zu Oskar gezogen. Oskar ist der Freund meiner Mutter und ein echter Fels in der Brandung. Nachdem mein Vater kurz nach Flippis Geburt das Weite gesucht hatte, war Oskar so etwas wie ein Ersatzvater für Flippi und mich geworden. Nur besser. Ihn konnte so leicht nichts aus der Bahn werfen. Seit Ewigkeiten hatte Oskar immer wieder vorgeschlagen, dass wir zu ihm ziehen sollten, aber meine Mutter hatte sich dagegen gesträubt. Flippi und ich waren total dafür gewesen, unsere Mietwohnung aufzugeben und zu Oskar in sein kleines Häuschen mit Garten zu ziehen. Und dann, mehr oder weniger über Nacht und aus heiterem Himmel, hatte meine Mutter entschieden, dass wir zu Oskar ziehen würden.

Aber seit wir hier wohnten, hatte sie regelmäßige Panikattacken, dass es ein Fehler gewesen sein könnte. Warum, wusste keiner so genau. Nicht mal sie selbst. Wahrscheinlich aus demselben Grund, aus dem sie immer Streit mit Oskar anfing, wenn er sich mal wieder dazu hinreißen ließ, ihr einen Heiratsantrag zu machen. Dann sprach sie erst mal tagelang nicht mehr mit ihm und wollte ihn auch nicht mehr sehen. Mit dem Heiraten war sie nämlich durch, wie sie sich ausdrückte. Kann man in so einer Familie zu einem normalen Teenager heranwachsen?

Oskar kam herein. Er trug eine Kiste vor sich her.

»Ich wusste doch, dass ich sie irgendwo noch habe«, freute er sich. »Das sind Aufnahmen vom Kosakenchor.«

Meine Mutter seufzte auf, ich sank in mich zusammen und Oskar ging automatisch zum Teeschrank.

»Wir können sie uns gerne zusammen anhören, wenn du aus der Schule kommst«, schlug er vor.

Das war das Stichwort. Irgendwie konnte ich meine Mutter davon überzeugen, dass ich in die Schule musste. Sie ließ mich schließlich gehen, allerdings nur, nachdem sie mir sämtliche Ehrenworte abgenommen hatte, dass ich nicht mit einem russischen Männerchor auf Tournee gehen würde, und nachdem ich versprochen hatte, Sergej nie wiederzusehen.

immer noch Dienstag, 28. Mai

Mein Leben ist vorbei. Ich kann eigentlich nur noch wegziehen. Seit wann lesen wir in unserem Alter denn morgens die Zeitung?

Als ich auf dem Schulhof ankam, formierten sich ein paar Jungs zu einer Gruppe und begannen ziemlich atonal zu brummen. Erst dachte ich, sie üben für irgendeine Schulaufführung, aber als einige zu mir rüberwinkten, an ihren T-Shirts zerrten und riefen: »Nimm mich, Jojo!«, dämmerte mir, worauf sie anspielten.

Bevor ich noch irgendwas sagen konnte, ergriff Lucilla meinen Arm und schleppte mich ins Mädchenklo.

»Da siehst du, was du angerichtet hast!«, schimpfte sie.

»Was denn, ich hab nix getan!«

Lucilla schaute mich mitleidig an. »Ach, Jojo!«

»Was denn?«

Lucilla seufzte. »Ein russischer Männerchor! Das ist total peinlich! Wer steht denn auf so was?«

»Ich nicht!«

Lucillas Gesicht verzog sich etwas ins Ärgerliche. »Weißt du, du musst auch an mich denken! Immerhin weiß jeder, dass wir beste Freundinnen sind. Das färbt doch auch auf mich ab. Und dann will Justus womöglich nicht mehr mit mir zusammen sein.«

»Jetzt hör auf mit dem Unsinn und sag mir lieber,

was das gestern für ein Auftritt in der Eisdiele war!
Wen hast du getroffen?«

Lucilla strahlte. »Ich will noch nicht darüber reden. Es ist noch ganz neu.«

Ein schrecklicher Gedanke durchfuhr mich: ein anderer Junge! Lucilla hatte sich gestern mit einem anderen Jungen getroffen! Ich war entsetzt.

»Wie kannst du das Justus antun! Ihr seid doch erst seit Kurzem zusammen!«

»Aber ich tue das alles doch nur wegen ihm!«

»Hach! Das ist ja das Beste, was ich je gehört habe! Sicher springt er vor Freude auf und nieder!«

Lucilla lächelte. »Er weiß noch nichts davon. Ich will ihn damit überraschen.«

Ich trat entsetzt einen Schritt zurück. Sie wollte ihn mit einem anderen Jungen überraschen? Was war denn mit Lucilla los?

»Ich brauch frische Luft«, meinte ich und verließ das Mädchenklo.

Ich stürmte gerade den Gang entlang, als jemand hinter mir »Hallo, Jojo!« rief.

Oh nein, schon wieder so ein Witzbold, der sich über das Zeitungsbild lustig machen wollte! Jetzt reichte es mir aber wirklich!

»Ich kenne die blöde russische Kosakengruppe nicht und jetzt lasst mich endlich damit in Ruhe!«, rief ich über die Schulter zurück. Dann drehte ich mich um – und stand meiner Musiklehrerin gegenüber.

Sie sah mich mit hochgezogenen Augenbrauen an. »Ich kenne auch keine russische Kosakengruppe, aber wenn du möchtest, kann ich dich gerne für ein Referat darüber vormerken«, bot sie an.

Na toll! Damit wäre dann mein Kosakenfan-Ruf in der Schule in Stein gemeißelt. Mal ganz abgesehen von der unnötigen Arbeit, die so ein Referat mit sich bringt.

»Nein, bitte bloß nicht!«, flehte ich sie erschöpft an.

»Du kannst es dir ja noch mal überlegen. Bis dahin wäre es aber sicher von Vorteil, wenn du dir deinen Schuh zubinden würdest.«

Damit ging sie und ich knotete stöhnend meinen Schnürsenkel zu. Wo konnte man doch gleich völlig bescheuerte Tage zurückgeben?

Lucilla hatte den Kopf aus der Toilettentür gestreckt und den ganzen Vorfall beobachtet. Nun kam sie hinter mir her. Aber erst schaute sie vorsichtig nach links und rechts.

»Ich weiß wirklich nicht, was du hast, Jojo! Wieso brüllst du denn jetzt schon Lehrer an? Die mögen das nicht besonders gerne.« Dann sah sie entsetzt auf die Tür, die vom Pausenhof ins Schulgebäude führt, und murmelte: »So was Blödes aber auch.«

Ich grinste, ich war ganz ihrer Meinung. Unsere gemeinsame Lieblingsfeindin betrat nämlich das Gebäude: Serafina, das hochnäsigste und affektierteste Mädchen der Schule. Sie bestimmt immer, was und vor allem *wer* cool ist, und hat eine Gruppe hirnloser Hühner um sich geschart, die Serafinas Coolness-Weisheiten kritiklos nachplappern.

Lucilla und ich gehören natürlich nicht zu den angesagten coolen Mädchen. Aber damit können wir gut leben, denn so wie Serafina will wirklich keine von uns beiden freiwillig sein.

Serafina kam auf uns zu. Sie musterte mich von oben bis unten und meinte: »Mit deinem Auftritt beim russischen Männerchor hast du dich um Lichtjahre zurückgeworfen, Jojo.«

»Tzz, damit bin ich dir immer noch um Längen voraus, Frau Neandertal.« Ich deutete auf ihre Frisur. »Heute Morgen wieder die Haare mit einem Büffelknochen gekämmt?«

Lucilla stieß mich kräftig in die Seite. Was sollte das denn?

»Hi, Serafina!«, flötete Lucilla in einem mir bisher unbekannten Ton.

Ich schaute Lucilla ungläubig an. Aber dann dämmerte es mir: Lucilla musste natürlich freundlich zu ihr sein, weil Serafina die Schwester ihres Freundes Justus ist.

Serafina hatte ein huldvolles Lächeln für Lucilla übrig und meinte: »Hi, Schätzchen, war nett gestern Nachmittag, aber bitte bestell mir in Zukunft den Tahiti-Eisbecher, okay?«

Lucilla wurde rot und nickte pflichtschuldig. »Klar. Entschuldige.«

Serafina zuckte kurz mit den Schultern und zog weiter. Die Gacker-Hühner hinter ihr her.

Ich drehte mich zu Lucilla um und starrte sie ungläubig an. »Serafina! Du hast dich mit Serafina getroffen! Ich dachte, mit einem anderen Jungen!«

Lucilla war ehrlich empört. »Na also bitte, ich bin doch mit Justus zusammen, da würde ich mich nie mit einem anderen Jungen treffen!«

»Aber ausgerechnet Serafina!«, jammerte ich weiter. »Da wäre mir ein anderer Junge ja noch lieber gewesen!«

»Also hör mal!«

»Wieso Serafina?«

Lucilla kicherte. »Serafina gibt mir Verhaltenstipps und so. Damit mich Justus noch toller findet.«

»Ist ja nicht wahr! Serafina?«

»Schließlich kennt sie ihren Bruder am besten.« Lucilla zog mich zurück in Richtung Mädchenklo. »Und außerdem darf ich jetzt mit Serafina und ihren Freundinnen rumhängen.«

»Du hängst mit Serafinas Hühnerverein rum? Lucilla, das darf doch nicht wahr sein!«

Lucilla strahlte. »Ja, großartig, nicht wahr!«

»Nein, grauenvoll!«

Lucilla blickte mich ernst an. »Jojo, du musst das verstehen, ich will schließlich *Haarscharf*-Girl werden.«

»Sag mal, spinnst du? Das meinst du doch nicht etwa ernst?«

»Nein, natürlich nicht. Serafina wird unter Garantie *Haarscharf*-Girl. Aber wir anderen aus ihrer Clique dürfen uns auch bewerben.«

»Das meine ich nicht! Mann, Lucilla, was ist denn los mit dir?«

»Psst, nicht so laut!« Sie zog mich nun noch eiliger hinter sich her. »Ich hab keine Ahnung, warum du dich so aufregst, aber erst mal sollte man uns beide nicht zusammen sehen.«

»Wow, bist du jetzt beim Geheimdienst, oder was?«

»Sei nicht albern!«, raunte mir Lucilla zu und schubste mich wieder ins Mädchenklo. Dann sah sie sich schnell noch mal auf dem Gang um und schloss hinter uns die Tür. »Puh, das war knapp! Sie kam nämlich gerade wieder zurück.«

Lucilla entspannte sich etwas, dann stellte sie sich vor den Spiegel und machte so etwas wie Augenbrauen-Gymnastik.

»Alles okay mit deinem Auge?«, fragte ich sie besorgt.

Lucilla kicherte. »Also, Jojo, du kennst dich wirklich nicht aus. Ich übe einen lässigen Blick. Jungs stehen auf so was.« Und sie zog weiter die Augenbraue hoch und runter, dass einem vom Zuschauen schon ganz schwindelig wurde.

Ich sah mich verwirrt um. »Welche Jungs denn? Wir sind in der Mädchentoilette.«

»Das weiß ich auch. Aber auf der Party werde ich Justus damit überraschen.«

»Du willst Justus damit überraschen, dass du wie ein nervenkrankes Eichhörnchen deine Augenmuskeln malträtierst?« Ich zog sie vom Spiegel weg. »Kannst du nicht mal damit aufhören?«

Lucilla sah mich nachsichtig an. »Ach, Jojo, du musst noch so viel lernen.«

»Ja, zum Beispiel warum du mit Serafina Eis essen gehst, wenn du mit mir verabredet bist.«

»Wir sind erst heute verabredet. Das hab ich dir doch gestern schon gesagt.«

»Na gut, wenn du mit mir verabredet sein *könntest!* Und außerdem verstehe ich nicht, warum wir so 'ne Art Geheimaktion aus einem Gespräch machen müssen.«

»Das geht leider im Moment nicht anders. Du weißt ja, dass Serafina dich nicht leiden kann.«

»Und wieso triffst du dich dann mit ihr?«

»Hab ich dir doch schon gesagt: Weil sie Justus' Schwester ist. Unser Treffen gestern war sozusagen ein Familientreffen. Serafina wollte mich dringend sehen. Meine uncoolen Tage sind gezählt.« Lucilla strahlte.

»Lucilla! Justus hasst seine Schwester. Und außerdem wollten wir beide doch nie cool sein!«

»Oh nein, wir beide hatten kein *Talent* zum Coolsein. Deshalb hatten wir entschieden, dass wir nicht cool sein wollen!«

»Das kommt aufs selbe raus. Coolsein wird total überbewertet!«

Lucilla schüttelte den Kopf. »Da täuschst du dich, Jojo. Zum Beispiel die Sache mir der russischen Volksmusik ...«

Ich stöhnte auf.

»So was darf dir nicht mehr passieren.«

Ich seufzte. »Sagt wer?«

»Serafina! Hast du doch gehört.«

Ich seufzte. »Weißt du was, Lucilla, wenn du wieder normal bist, dann melde dich bei mir!«

»Jojo, gib nicht so schnell auf, ich helfe dir. Ich hab einen Plan: Serafina bringt mir das Coolsein bei und ich dir. Justus und Sven werden staunen. Wir müssen das allerdings heimlich machen, sonst krieg ich Ärger mit Serafina. Sie mag es nicht, wenn ich zu viel Umgang mit dir habe. Aber wenn wir es geschafft haben, präsentiere ich dich Serafina und schon gehörst du auch zu uns!« Lucilla sah mich erwartungsvoll an.

Was erwartete sie? Dass ich ihr begeistert um den Hals fiel?

»Ich weiß nur nicht, ob du das noch rechtzeitig zur *Haarscharf*-Party schaffst«, meinte sie dann nachdenklich.

Ich schnappte nach Luft und stapfte aus dem Mädchenklo. Dann ging ich auf direktem Weg in unser Klassenzimmer. Und das, obwohl die Stunde noch lange nicht angefangen hatte.

Als unser Lehrer endlich auftauchte, nahm ich mir vor, zum ersten Mal im Unterricht aufzupassen, damit ich wenigstens kurzfristig von Lucillas neuer Lebensphilosophie abgelenkt war.

Ich konzentrierte mich intensiv auf den Vortrag unseres Geschichtslehrers, der eine flammende Rede über Gandhi und seinen gewaltlosen Widerstand hielt. Ob Gandhi wohl als cool gegolten hatte?

Cool sein! So ein Quatsch. Wer will schon cool sein? Und dann auch noch Serafina-cool. Tzz. Lucilla offensichtlich. Während des Unterrichts schaute sie ständig zu Serafina rüber und versuchte so zu sitzen wie sie, imitierte Serafinas affektierte Gesten und lachte wie sie. Mir wurde richtig übel. Heute Nachmittag würde ich mal ein ernstes Wort mit Lucilla über diesen ganzen Cool-Blödsinn reden!

»Hallo, Jojo. Weilst du noch unter uns?«, hörte ich plötzlich die Stimme unseres Lehrers.

Ich sah verwirrt auf.

»Oh, wundervoll. Und sie bewegt sich doch.«

Die Klasse kicherte.

»Also, was meinst du? Wodurch hat sich Gandhis Konzept ausgezeichnet?«

»Er war besonders cool?«, vermutete ich und erstarrte. Hatte ich das eben wirklich gesagt?

Die anderen grölten und Herr Heimann verdrehte die Augen. So konnte das nicht weitergehen. Ich musste dringend mit Lucilla reden.

Als ich nach der Schule mit Lucilla einen Treffpunkt ausmachen wollte, kam Serafina angerauscht, musterte mich und blickte Lucilla tadelnd an. »Hatten wir nicht bereits über den ›richtigen Umgang‹ gesprochen?«

Lucilla sank etwas in sich zusammen.

Serafina seufzte leicht, meinte dann aber: »Heute Nachmittag um drei in der Eisdiele, okay?«

Lucilla strahlte. »Okay. Tahiti-Eisbecher, stimmt's?«

Serafina schenkte Lucilla ein huldvolles Lächeln, nickte und entschwand.

»Hey, du bist heute mit mir verabredet, Lucilla!«, sagte ich.

Lucilla schaute mich irritiert an. »Wir haben uns doch gestern schon getroffen.«

»Waaas?« Mir blieb vor Staunen der Mund offen. »Aber das galt nicht! Ich hab's doch verwechselt!«

»Na macht nichts.« Lucilla klopfte mir lieb auf die Schultern. »Das kann jedem mal passieren.«

»Du kannst dich doch nicht mit Serafina treffen und mir einfach absagen!«, schimpfte ich.

»Jojo, ich tu das für uns beide. Besonders für dich.«

»Ich will aber gar nicht cool sein!«, rief ich ärgerlich.

Zwei Jungs, die gerade vorbeigingen, grinsten. Der eine sagte: »Keine Angst, Jojo, die Gefahr besteht bei dir bestimmt nicht!« Der andere begann ein russisches Volkslied anzustimmen und sie gingen grölend weiter.

Ich schaute ihnen empört hinterher. Dann sah ich Lucilla an.

Die nickte eifrig. »Siehst du, das meine ich. Du hast es wirklich nötig! Und ich helf dir dabei.«

nach wie vor Dienstag, 28. Mai

Gibt es nicht irgendein Gesetz, das verbietet, die Geschmacksnerven der eigenen Kinder zu malträtieren?

Wir saßen am Mittagstisch und meine Mutter hatte es sogar fertigbekommen, das vorgekochte Essen von Oskar zu ruinieren.

Seit wir bei Oskar wohnten, hatte sich unsere Ernährungssituation um einiges gebessert. Im Gegensatz zu meiner Mutter war Oskar nämlich in der Lage, Kühlschrankinhalte mit Küchengeräten wie Topf, Kochlöffel und Herd so zusammenzubringen, dass eine warme und leckere Mahlzeit dabei herauskam. Gemeinsam bemühten wir uns möglichst unauffällig darum, meine Mutter vom Kochen abzuhalten. Oskar war sogar schon dazu übergegangen vorzukochen, damit meine Mutter das Essen nur aufwärmen musste, wenn er nicht da war.

Aber leider war das noch lange keine Garantie für ein gutes Essen, solange meine Mutter noch in irgendeiner Form etwas damit zu tun hatte. Selbst wenn es nur ums Auftauen oder Aufwärmen ging.

Flippi hatte das Problem schon auf ihre Art gelöst und machte sich Salzstangen-Sandwiches mit Nutella.

Meine Mutter bekam das alles nicht richtig mit. Sie saß am Tisch und blätterte in ein paar Büchern über Pflanzen.

»Pah, das wäre doch gelacht. So was kann jeder«,

murmelte sie dabei vor sich hin. »Ein praktischer Nutzgarten, der gleichzeitig schön aussieht, das ist ein Kinderspiel!«

Ich schaute auf meinen Teller und überlegte, um welche Speise es sich wohl gehandelt haben mochte, bevor meine Mutter sie, wie sie es nannte, »etwas aufgepeppt« hatte. Ich schob den Teller zur Seite und beschloss, das Mittagessen heute ausfallen zu lassen. Andererseits würde ich heute Nachmittag noch nicht mal meinen Eisbecher bekommen. Und an allem war Serafina schuld. Ich seufzte.

Normalerweise müsste meine Mutter mich schon lange angesprochen und gefragt haben, was denn los sei. Sie liebt es, wenn ich Probleme habe. Dann zwingt sie mir immer Tee und mütterliche Gespräche auf. Aber heute – nichts. Fehlanzeige.

Ich seufzte noch etwas lauter, um ihre Aufmerksamkeit auf mich zu ziehen, denn ich wollte wissen, was meine Mutter zu der Lucilla-Situation sagen würde.

Sie reagierte nicht, vertiefte sich nur noch mehr in ihre Pflanzenbücher und murmelte vor sich hin. Gut, dann musste ich eben den direkten Weg wählen.

»He, Mam?«

»Ja, du kannst dir noch ein Eis nehmen.«

Bitte? Flippi und ich sahen uns an. Flippi stand sofort wortlos auf, ging zum Eisfach und nahm sich ein Eis. Dann setzte sie sich wieder.

»Kann ich dich mal stören?«, startete ich einen neuen Versuch.

»Ja, von mir aus auch noch ein zweites«, murmelte meine Mutter geistesabwesend.

Flippi sprang auf, sicherte sich das nächste Eis, bunkerte es auf ihrem Teller und baute ungerührt weiter an einem Indianerzelt aus Salzstangen und Toastscheiben.

Bevor ich Flippi zu einem dritten Eis verhelfen würde, ging ich lieber direkt zu meinem Problem über.

»He, Mam, was würdest du tun, wenn deine beste Freundin plötzlich anfangen würde zu spinnen und unter schlechten Einfluss geraten wäre?«

»Die Pflanzzeit für Kürbisse ist definitiv vorbei, na prima«, beschwerte sich meine Mutter und blätterte weiter in ihren Büchern.

Flippi war schon aufgesprungen und stand vor dem Tiefkühlschrank. Sie blieb leicht irritiert stehen.

Ich sah fragend zu Flippi, die zuckte die Schultern und nahm sich das restliche Eis aus dem Kühlschrank, dann klärte sie mich auf: »Es geht um unsere Gartenbepflanzung. Ich glaube, Mami hat jetzt das Garten-Kriegsbeil ausgegraben. Sie will uns in Zukunft gesund ernähren mit selbst gezüchtetem Grünzeug aus dem eigenen Garten.«

»Heißt das etwa, wir müssen Gemüse essen?«

»Keine Ahnung. Wohl nur, wenn sie Erfolg hat. Aber wir sollten uns in der nächsten Zeit von Erdhügeln und Löchern fernhalten. Vielleicht auch von der Küche«, überlegte Flippi, schnappte sich ihre Indianer-Kolonie, das Eis und verschwand in ihr Zimmer.

Irgendwie half mir das nicht wirklich weiter. Es sah auch nicht so aus, als ob ich mit meiner Mutter noch ein besonders tiefgreifendes Gespräch führen könnte.

Ich seufzte und räumte meinen Teller ab.

Meine Mutter sah kurz auf und lächelte mir zerstreut zu. »Na, hat das Eis geschmeckt?« Dann vertiefte sie sich wieder in ihr Buch.

Ich schielte auf den Buchtitel *Gesünder leben mit selbst angebautem Obst und Gemüse.* Das konnte ja heiter werden.

Na, aber wenigstens war der Kosakenchor kein Thema mehr.

Das Telefon klingelte und ich ging ran.

»Ich gehört, Sie Interesse an echte alte russische Samowar. Kann gute Preis machen«, sagte jemand mit russischem Akzent und bemüht tiefer Stimme.

Ich stöhnte. Gab es in dieser Stadt nur eine einzige Zeitung? »Sven, lass das! Du bist ein Blödmann!«

Sven lachte am anderen Ende der Leitung. »Wirklich, Jojo, wie bist du denn da wieder reingeraten?«

Sven war durch nichts aus der Fassung zu bringen, dafür waren wir schon zu lange zusammen. Aber leider hinderte selbst seine Liebe zu mir ihn nicht daran, sich über meine Missgeschicke lustig zu machen.

»Manche Dinge passieren eben einfach«, sagte ich knapp.

»Aber nur dir«, lachte Sven weiter. »Bleibt es morgen Nachmittag beim Minigolfspielen? Oder willst du lieber in eine russische Teestube gehen?«

»Sehr witzig!«, fauchte ich ins Telefon.

»Na gut, sag mir einfach Bescheid. Wir können auch deinem Kosakenchor hinterherreisen, wenn dir das Freude macht«, bot Sven an.

»Ich werde es mir überlegen.«

»Gut, bis dahin werde ich dann weiter an einem fröhlichen Liedchen für dich üben: Kaaalinka, Kalinka, Kalinka …«

Ich legte auf. Sven konnte wirklich nicht singen.

Mittwoch, 29. Mai

»Hallo, Jojo, kannst du mir mal helfen das Auto auszuladen?«, rief Oskar, als er nach Hause kam.

Ich ging mit ihm zum Auto.

Unmengen von Pflanzen, kleinen Sträuchern und mindestens hundertzwanzig kleine Samentütchen quollen aus Oskars Wagen.

Er sah auf das Grünzeug und kratzte sich am Kopf. »Deine Mutter hat mich angerufen und mir eine Liste durchgegeben, was ich ihr mitbringen soll. Habt ihr was angestellt, ist das eine Strafaktion für euch?«

»Nee. Hängt wohl mit einem Buch zusammen und damit, dass sie uns in Zukunft gesünder mit eigenem Gemüse ernähren will.«

»Ah!« Oskar gab mir einen Zettel in die Hand. »Lies mal vor, was da draufsteht, und hake ab, wenn ich es auslade. Ich will sichergehen, dass ich nichts vergessen habe.«

Wir fingen an auszuladen und ich versuchte meinen Frust bei Oskar loszuwerden. Er ist so ziemlich der Normalste und Vernünftigste in unserer Familie.

»Hast du einen Freund, Oskar?«

»Doch, mehrere, wieso?«

»Und hattest du schon mal einen Freund, der plötzlich unheimlich cool sein wollte, nicht mehr mit dir gesehen werden wollte und auf dem Schulklo Augengymnastik vor dem Spiegel gemacht hat?«

Oskar stellte eine Stiege mit Waldmeister-Pflanzen, die er gerade aus dem Auto heben wollte, wieder ab und sah sehr verwirrt aus. »Nein, bislang noch nicht. Aber ich hatte mal einen Freund, der sich beim Kaugummikauen immer am Ohr gezogen hat. Hilft das weiter?«

»Nein, leider nicht. Aber vielleicht kannst du versuchen, dir meine Situation vorzustellen?«

»Okay.« Oskar schloss die Augen und konzentrierte sich.

»Gut, also dieser Freund hat jetzt einen anderen Freund, einen, der vorgibt, sein Freund zu sein, es aber nicht die Bohne ist und stattdessen deinem

Freund gar nicht guttut und ihm blöde Sachen einredet. Was würdest du tun?«

»Nun, ich würde versuchen, mit irgendeinem von den Freunden mal in Ruhe zu reden?«, bot er zaghaft an.

»Mit dem einen kann man nicht reden und der andere hört ja nicht zu!«, entgegnete ich heftig.

»Oh!« Oskar dachte nach. »Vielleicht kann man ja auch abwarten, bis der Freund wieder normal geworden ist.«

Ich schüttelte den Kopf. »Jede Minute ist kostbar!«

»Tja, Jojo, weißt du, wenn der Freund das alles nicht so sieht und auch nicht darüber reden will, dann fürchte ich, kann man für den Moment gar nichts machen.«

Ich schnaubte ärgerlich.

Oskar sah mich prüfend an. »Falsche Antwort?«

Ich seufzte. »Irgendwie schon, aber trotzdem danke.«

Oskar wollte mir gerade tröstend den Arm um die Schulter legen, da erstarrte er und sah auf die kleinen Kiwi-Pflanzen, die er mir aus dem Auto herübergereicht hatte.

Hm, wahrscheinlich hätte ich die Töpfe nicht alle aufeinanderstapeln sollen.

Wir starrten beide auf die zerdrückten und zusammengestauchten Pflanzen.

»Vielleicht merkt sie es ja nicht?«

Oskar schüttelte den Kopf.

»Kannst du sagen, es wäre ein Sonderangebot gewesen?«

Oskar seufzte. Dann lächelte er schwach. »Eigentlich kommt es ja auf die Wurzeln an. Und die sind garantiert alle noch in Ordnung.«

»Na bitte«, meinte ich anerkennend zu Oskar.

Ich überließ es Oskar, die Pflanzen meiner Mutter zu präsentieren, und ging in mein Zimmer, um mich umzuziehen.

Ursprünglich hatten Lucilla und ich vorgehabt, vor dem Minigolfspielen zusammen einkaufen zu gehen. Nun, unser gemeinsamer Einkauf fiel ja jetzt flach, sie wollte dringend mit Serafina Zeit verbringen. Pff, mir doch egal.

Vor meinem Zimmer traf ich auf Flippi. Ich überlegte ernsthaft für einen kurzen Moment, wie gut die Chancen standen, von Flippi eine brauchbare Hilfe zu bekommen.

Das musste sie irgendwie gemerkt haben, denn sie machte einen Satz zurück. »Hey, was immer dein Problem ist, behalte es für dich und komm meinem Zimmer bloß nicht zu nahe. Das könnte meinen Schnecken schaden.«

Meine durchgeknallte Schwester züchtet nämlich Schnecken. Hauptsächlich wegen des Ekelfaktors.

»Seit wann sind deine Kampfschnecken denn so sensibel?«, wollte ich spöttisch wissen.

»Das sind keine Kampfschnecken mehr. Ich züchte jetzt die freundliche Nachbarschaftsschnecke und die kann in der Ausbildung keine schlechten Schwingungen gebrauchen!«

Damit verschwand sie in ihr Zimmer und ich hörte, wie ein offensichtlich großes, schweres Möbelstück vor die Zimmertür geschoben wurde.

Na prima, von meiner Familie war also mal wieder keine echte Hilfe zu erwarten. Warum liegt eigentlich die einzige Existenzberechtigung einer Familie darin, einem das Leben schwer zu machen?

Ich beschloss, schon etwas früher zu Sven zu gehen.

derselbe Mittwoch, 29. Mai

Ich klingelte gar nicht erst bei Sven an der Haustür, sondern ging direkt zur Garage, wo er meistens rumhing. Und so war es auch diesmal: Sven lungerte in der Garage, in ein Comicheft vertieft, auf einem ausrangierten Sessel rum. Bevor ich den Mund aufmachen konnte, hob er die Hand, um anzudeuten, dass ich jetzt bloß nichts sagen sollte, weil er offensichtlich gerade an der spannendsten Stelle seiner Lektüre angelangt war.

Ich hielt den Mund und nahm genervt auf einem Stapel alter Reifen Platz. Aber der blöde Reifenstapel geriet ins Wanken. Ich versuchte die Balance wiederherzustellen, das führte dann leider dazu, dass ich richtig tief in den Stapel rutschte und der Stapel auch noch umfiel. Ich fluchte.

Sven schaute von seinem Comic auf. »Jojo, alles okay?«, fragte er, ohne irgendwelche Anstalten zu machen aufzustehen und mir zu helfen.

»Aber klar doch«, schnappte ich verärgert. »Und komm bloß nicht auf die Idee, mir zu helfen. An der Nummer hab ich nämlich tagelang gearbeitet!«

Ich versuchte mich aus den Reifen zu befreien. Leider ohne Erfolg, weil ich feststeckte.

Jetzt fing Sven an zu lachen. »Übst du an einer Nummer als Entfesslungskünstlerin oder willst du dich als lebendes Taschenmesser bewerben?«

»Sehr komisch, hilf mir lieber«, knurrte ich so würdevoll wie möglich aus meinen Reifen heraus.

Sven befreite mich und lachte noch immer. Dann sah er irritiert auf seine Uhr, schüttelte sie und klopfte darauf rum.

»Schon gut, schon gut. Ich bin zu früh«, brummte ich. »Lucilla hat mich hängen lassen. Sie hat keine Zeit für mich.«

»Ach so.«

»Willst du nicht wissen, warum Lucilla keine Zeit für mich hat?«

Sven dachte angestrengt und sehr lange nach. »Eigentlich nicht. Wie findest du meine Garagen-Aufräum-Methode?«, grinste er und sein Blick fiel auf seinen Stapel Comichefte.

»Deine Mutter hat dich zum Aufräumen in die Garage verbannt?«, vermutete ich.

Sven nickte.

Svens Mutter war eine etwas merkwürdige Person.

Nicht nur weil sie mich nicht leiden konnte, sie konnte wohl auch ihren eigenen Sohn nicht besonders leiden, denn immer wenn sie sah, dass Sven nichts zu tun hatte, hatte sie sofort eine Idee, was er wohl tun könnte. Sie schickte ihn einkaufen, Schuhe vom Schuster abholen, Rasen mähen und was immer ihr sonst noch einfiel. Sven nahm das alles gelassen hin, weil er wusste, dass eine Diskussion mit seiner Mutter nicht viel bringen würde, und versuchte dann auf seine Art und Weise um die Jobs herumzukommen.

Svens Lieblingsauftrag war, wenn ihn seine Mutter in die Garage zum Aufräumen schickte. Er ging brav in die Garage, nahm sich ein paar Comics mit, fläzte sich auf einen alten kaputten Sessel und las ein, zwei Stündchen. Dann tauchte er wieder im Haus auf, woraufhin ihn seine Mutter immer sehr lobte.

Inzwischen hatte Sven sich in der Garage schon ganz nett eingerichtet.

»Also, Sven, was ist, interessiert es dich jetzt oder nicht?«

Sven seufzte leicht. »Ich bin ziemlich sicher, dass ich das gleich bereuen werde, aber okay: Warum hat Lucilla keine Zeit für dich?«

»Sie ist schon wieder mit Serafina verabredet. Mit *SERAFINA*! Und Serafina bringt ihr so blöde Sachen wie Augenbrauen-Gymnastik bei. Um Justus zu beeindrucken. Außerdem glaubt sie, dass sie auf die Art eine Einladung für diese *Haarscharf*-Party bekommt. Dabei kriegt ohnehin jeder Teenager, der

Haare auf dem Kopf hat und mal bei diesem Friseur im Laden war, 'ne Einladung zur Party.«

»Bist du sicher? Selbst du?«

Ich sah ihn böse an.

Sven hob lachend die Hände. »Okay, okay. Die Sache mit den angesengten Haaren der Kundin, bei der du dich auf den Temperaturregler der Trockenhaube gelehnt hattest, hat er bestimmt schon wieder vergessen.«

»Das war ein Versehen!«

»Klar, ist es doch immer bei dir.«

Ich schlug nach ihm. »Hör bloß auf!«

Sven schielte sehnsüchtig nach seinem Comic.

Ich stellte mich zwischen ihn und den Comic. »Das ist wirklich ernst. Lucilla verändert sich«, beschwerte ich mich.

Sven seufzte und gab das Comic-Lesen erst mal auf. »Komm schon, Jojo, du bist doch nur sauer, weil Lucilla nicht mehr so viel Zeit für dich hat und jetzt mit Serafina herumhängt.«

»Quatsch. Ich mach mir echt Sorgen um Lucilla.«

»Oh, sicher. Und warum?«

»Na, weil … weil …«, also, jetzt sollte mir aber schon möglichst schnell etwas einfallen, »… weil Justus das vielleicht gar nicht gut findet. Schließlich kann er seine Schwester auch nicht leiden. Und warum wohl nicht? Weil sie immer so affektiert ist. Also wird er auch Lucilla nicht mehr leiden können, wenn sie sich ebenso verhält. Ist doch völlig klar.«

Hey, das klang sogar logisch. Mit ein bisschen Wohlwollen konnte man mir diese Geschichte glatt abnehmen.»Du siehst, es geht mir nur um Lucillas Glück. Bestimmt findet Justus das gar nicht so toll, wenn Lucilla eine Billig-Ausgabe von Serafina wird«, triumphierte ich.»Fragen wir ihn doch mal.«

Sven sah mich scharf an.»Oh nein! Da häng ich mich nicht rein.«

»Gut, dann mach ich's.«

Sven holte tief Luft.»Jojo, halt dich da bloß raus, okay? Lass die beiden einfach in Frieden.«

Was denn? Hatte ich Sven nicht gerade sehr glaubhaft erklärt, dass es mir einzig und allein um Lucillas Wohl ging? Der Junge hört wirklich nicht richtig zu.

»Also, was machen wir denn jetzt?«, fragte ich mürrisch.

»Wegen Lucilla machen wir gar nichts.« Sven sah auf die Uhr.»Aber wir beide könnten noch 'ne Pizza essen gehen, bevor wir uns mit einer Teilnehmerin der *Haarscharf*-daneben-Party treffen.«

Ich seufzte und gab ihm einen Kuss. Es fiel mir immer ziemlich schwer, schlechte Laune zu haben, wenn ich mit Sven zusammen war. Er war einfach zu süß!

immer noch Mittwoch, 29. Mai

»Meinst du, die beiden sind sauer?«, überlegte Sven, als wir aus der Pizzeria rauskamen und uns eiligst auf den Weg zum Minigolfplatz machten.

Ich sah auf die Uhr. »Nö, wegen der halben Stunde. Das kriegt unser junges Glück gar nicht mit. Du weißt doch, wie sie sind: ›Justi, möchtest du noch mal von meinem Keks abbeißen?‹ ›Oh, Lucilla, deine Haare glänzen heute aber besonders schön.‹ Die sind doch nur am Turteln und haben kein Zeitgefühl.«

Als wir beim Minigolfplatz ankamen, stand nur Justus da. Er hatte bereits Schläger und Bälle geholt und sah leicht genervt aus.

»Wo ist Lucilla?«, fragte ich.

»Gute Frage. Ich weiß es nicht. Wir wollten uns vorher noch im Eiscafé treffen, aber da war sie nicht. Dann bin ich hierhergegangen: nichts.«

»Hach!«, wandte ich mich sofort an Sven. »Siehst du, ich sag's doch!« Eigentlich wollte ich noch hinzufügen: »Das ist kein gutes Zeichen!«, aber ein Blick von Sven brachte mich zum Schweigen.

»Ach, sie wird wohl den Termin verschusselt haben«, meinte Sven zu Justus.

Bevor wir das Thema vertiefen konnten, kam Lucilla angeschlendert.

»Hallöchen!«, winkte sie affektiert.

»Los, fangen wir an«, meinte ich missmutig, nahm Justus einen Schläger aus der Hand, ging zum ersten Hindernis und legte mir einen Ball zurecht.

Ich hörte, wie Lucilla flötete: »Justilein, entschuldige bitte, aber es war die totale Hektik und der Oberstress, ich kam mit der Zeit einfach nicht hin.«

Ach ja, dachte ich und schlug gegen den Ball. Der verschwand in einem hohen Bogen in einem Baum. Laut schimpfend und zeternd flog daraufhin eine Horde Vögel aus dem Baum auf.

Hinter mir turtelte Lucilla immer noch mit einer unglaublich quietschigen und affektierten Stimme auf Justus ein.

Ich drehte mich zu den anderen um. »Was ist, spielen wir jetzt?«

Justus wollte gerade was sagen, da fiel Lucilla ihm um den Hals und nuschelte mit Schmollmund: »Hast du mich sehr vermisst, es tut mir sooo leid. Aber ich werde es wieder gutmachen.«

Ich stöhnte, nahm Sven den Ball aus der Hand, legte ihn mir zurecht und spitzte die Ohren. Hach, jetzt würde Justus ihr aber die Meinung geigen, ich freute mich schon darauf.

Aber Justus meinte nur: »Kein Problem.« Dann hörte ich, wie er sagte: »Deine Haare sehen heute toll aus.«

Ich drehte mich ruckartig zu den beiden um. Ich konnte es nicht glauben. Wieso machte er ihr keine Vorwürfe?!

Justus lächelte Lucilla an und küsste sie ganz lieb. Dann griff er in seine Tasche und zog ein kleines Marzipan-Schokoladenherz heraus. Allerdings war es etwas aus der Form geraten und sah jetzt mehr nach einem Marzipan-Schokoladenknödel aus. Er packte es aus und knabberte eine etwas verunglückte Herzform in den Knödel.

»Für dich«, lächelte er Lucilla an und reichte es ihr.

»Oh, Justi, du hast daran gedacht«, strahlte Lucilla und bedankte sich mit einem Kuss.

Wie sollte er auch nicht daran denken? Seit die beiden zusammen waren, brachte »Justi« Lucilla kleine Herzchen aus allem Möglichen mit. Oder er zog eine kleine Comicfigur aus der Tasche. Er müsste schon unter totaler Amnesie leiden, um es zu vergessen.

Wütend schlug ich gegen den zweiten Ball. Auch der flog weit über den Minigolfplatz hinaus und verschwand in einem kleinen Teich. Wie gut, dass man die Fische nicht schimpfen hören konnte.

»Jojo, wir spielen Minigolf. Kurze, leichte Schläge«, empfahl mir Sven. »Und wenn du das nächste Mal lieber fischen gehen willst, sag es, ich besorge dann eine Angel.«

Ich ignorierte ihn, drehte mich zu Lucilla um und lächelte süßsauer. »Wir haben uns schon Gedanken um dich gemacht.«

Ich schaute zu Sven. Gedanken machen war ja wohl erlaubt, oder?

»Wie süß von euch«, zwitscherte Lucilla und fiel mir um den Hals.

Das war neu und war wohl Part der Serafina-Nummer, aber ich sagte nichts. Zum Glück verzichtete sie auf das schrille Gequietsche, das Serafina und ihre

Hühner-Freundinnen immer abzogen und das für die Ohren so schmerzhaft war. Wenn die Hühner sich noch weiter mit diesem schrillen Gekreische begrüßten, würden sie im nächsten Schuljahr alle mit Hörgerät rumlaufen.

Ich nahm Justus einen weiteren Schläger aus der Hand und gab ihn Lucilla. Sie gab ihn Justus zurück und strahlte mich an.

»Ach, Jojo, stell dir vor: Ich hab eben mit Serafina das perfekt coole Partykleid für mich gefunden«, flötete Lucilla begeistert mit einer merkwürdig hohen Stimme.

Wie bitte? Mit SERAFINA? Lucilla sagt mir ab, verschmäht meine Beratung bei der Partykleid-Auswahl, um das Kleid mit Serafina auszusuchen?!

Ich starrte Lucilla ungläubig an. »Du hast mit Serafina ein Kleid für dich ausgesucht?«

»Aber sicher«, sagte Lucilla, »deshalb hat mich Serafina doch begleitet.«

»Und was ist mit Justus? Er hat auf dich gewartet!«, schimpfte ich.

Ich dachte, es wäre besser, wenn ich Justus erwähnte, dann konnte mir Sven nachher keine Vorwürfe machen, ich hätte nur meine eigenen Interessen im Kopf.

Justus schaute mich irritiert an.

Lucilla schmiegte sich an ihn. »Justilein verzeiht mir. Er versteht das.«

Ich schaute Justus kritisch an, der legte seinen Arm um Lucilla und sah zur Seite.

Sven legte den Arm um mich und zog mich fest an sich. »Okay, nachdem wir das ja jetzt geklärt haben, sollten wir endlich anfangen zu spielen.«

»Na, vielleicht möchte Lucilla ja lieber mit Serafina spielen«, sagte ich spitz.

Lucilla lachte. »Niemals! Serafina spielt doch kein Minigolf, das ist ihr viel zu kindisch.« Sie sah sich schnell um. »Und mir wäre es auch lieb, wenn wir das lassen könnten. Am besten gehen wir woanders hin.« Sie wandte sich an Justus. »Okay, Justilein?«

»Justilein« schaute etwas sparsam, meinte dann aber zu Lucilla: »Vielleicht gibst du mir mal 'ne Liste mit den Aktivitäten, die zurzeit noch für dich infrage kommen, damit ich informiert bin.«

Lucilla lachte und schmiegte sich wieder an ihn. »Ach, sei nicht böse! Wir könnten ins Kino gehen.«

Justus zögerte.

»Und zusammen Popcorn essen«, fügte Lucilla schmeichelnd hinzu. »Auf den Plätzen für Verliebte.«

Justus lächelte. Okay, Lucilla hatte offensichtlich gewonnen. Ich schaute Sven böse an.

»Was denn?«, sagte der nur zu mir.

»Jetzt müssen wir wieder zusehen, wie die beiden sich gegenseitig mit Popcorn füttern!«, flüsterte ich schimpfend.

Sven grinste und flüsterte: »Wir könnten 'ne Wette abschließen, wie oft Lucilla sagt: ›Ach, Justilein, du bist so süüüß.‹ Oder wir könnten die Üs in ›süüüüüß‹ zählen.«

Ich verdrehte genervt die Augen und knallte Sven meinen Schläger in die Hand.

Sven und Justus brachten die Schläger und die Bälle weg. Lucilla und ich blieben allein zurück. Lucilla war obergut gelaunt. Es war kaum auszuhalten.

Ich zog sie am Arm zu mir und sagte so freundlich, wie es mir möglich war: »Sag mal, wieso hast du Justus versetzt? Ihr wart doch verabredet!«

Lucilla lächelte überlegen. »Du hast wirklich keine Ahnung von Jungs! Das hab ich extra gemacht. Sich rarmachen, nennt man so was. Das erhöht das Interesse!«

»Sagt Serafina, was?«

»Sicher, wer sonst.«

Ich stöhnte.

»Das Kleid ist wirklich ein Traum.« Lucilla überlegte kurz. »Wenn du willst, kann ich ja mal versuchen herauszufinden – also, heimlich, ohne dass Serafina etwas merkt –, was für ein Kleid für dich perfekt wäre.« Sie strahlte mich wieder an. »Na, was meinst du?«

»Nein danke!«

Das hätte mir gerade noch gefehlt, dass Serafina ein Kleid für mich aussucht. Außerdem würde mir sowieso meine Mutter eins nähen. Sie ist Kostümbildnerin beim Theater, und zwar eine ziemlich geniale. Wenn sie es allerdings in ihrem momentanen Geisteszustand nähen würde, würde ich wohl eher wie eine Gurken-Königin aussehen und musste damit rechnen, dass sie mir ein Rhabarberblatt oder ein paar Efeuranken um den Hals hängt.

Justus und Sven kamen endlich wieder zurück. So gut wie Lucillas Laune war, so schlecht war meine. Mit Justus' Erscheinen schien sich bei Lucilla wieder dieses Stimmproblem einzustellen und ihre Stimme wurde eine Oktave höher und quietschiger.

»Wenn du willst, koche ich morgen für dich, Justi«, zwitscherte sie. Dann wandte sie sich an mich. »Komm doch auch, Jojo, dann kannst du was für Sven kochen. Das wär doch lustig. Und anschließend essen wir alle zusammen.«

»Ja, aber in einer Pizzeria!«, rief Sven sofort. Bevor ich mich dazu äußern konnte, fügte er hinzu:»Jojo, es gibt da ein Problem mit den Bällen, die du irgendwo versenkt hast, wir müssen noch mal zur Kasse.«

Ich schnaubte.

Der Platzbesitzer bestand darauf, dass wir die Bälle bezahlten.

»Das war nicht meine Schuld«, erklärte ich sofort, »mit den Bällen war was nicht in Ordnung!«

Der Mann sah mich abschätzend an, dann betrachtete er mich genauer. Sein Gesicht hellte sich auf, er strahlte, ergriff meine Hand und schüttelte sie.

»Ich finde es wunderbar, dass sich junge Leute in deinem Alter für Volksmusik interessieren!«, rief er aus. Er griff nach hinten, nahm eine Handvoll Minigolfbälle aus einem Korb und drückte sie mir in die Hände. »Hier, nimm, das ist ein Geschenk von mir.«

Ich schaute ihn verblüfft an.

»Vielleicht kannst du ja einen von den Bällen signieren lassen und mir wiederbringen?«, bat er freundlich.

Ich nickte und ging wie betäubt vom Platz.

Freitag, 31. Mai

Wenn das so weitergeht, muss ich eine Geheimdienstausbildung machen, um weiter mit Lucilla in Kontakt bleiben zu können.

In den letzten Tagen lief alles wie sonst auch, also das übliche Chaos. Lucilla umschwirrte Serafina, mir ging sie offiziell aus dem Weg, zwinkerte mir aber heimlich zu, wenn keiner hinsah. Darüber hinaus versuchte sie, ein eigenes Informationssystem zwischen uns zu installieren.

Ein Fünftklässer brachte mir in der Pause mehrfach leere Kaugummistreifen, also nur das Papier. Ich weiß nicht, wie viele von diesen Papierchen ich schon weggeworfen hatte, bis mir der Kragen platzte und ich den Kleinen anfauchte, was das solle, wo der Kaugummi sei. Der Inhalt wäre Trägerlohn, erklärte er mir, nur das Papierchen wäre für mich. Wie bitte? Ich schaute das Papier genauer an und entdeckte eine hingekritzelte Nachricht von Lucilla: *Triff mich hinter dem Rhododendron. L.*

Die restliche Zeit der Pause habe ich dann damit verbracht, sämtliche Rhododendronbüsche auf dem

Schulgelände abzusuchen, bis ich Lucilla hinter einer Brombeerhecke gefunden hatte. Sie war leider keine Leuchte in Botanik. Was sie eigentlich wollte, konnte ich auch nicht mehr erfahren, denn ein paar Serafina-Hühner kamen vorbei und guckten Lucilla missbilligend an. Lucilla zuckte ertappt zusammen und verschwand schnell.

Dann schauten die Serafina-Hühner mich an, lächelten falsch und fragten: »Wie geht's eigentlich deinen singenden Freunden aus Moskau, Jojo?«

»Die mussten vorzeitig abreisen, sie haben 'ne Hühnerallergie bekommen. Der Wind muss wohl eure Witterung zu ihnen getragen haben.«

Die Hühner schluckten und zogen von dannen. Ich schaute mich nach Lucilla um, aber sie war weg. Die ganze Sache gefiel mir absolut nicht. Irgendwie geriet Lucilla immer mehr unter den Einfluss von Serafina. Mehr, als für uns beide gut war.

Was sollte ich bloß tun?

Nicht mehr mit Lucilla reden?

Sie einfach abschreiben?

Oder sollte ich um unsere Freundschaft kämpfen?

Vielleicht sollte ich Lucilla vor die Wahl stellen: Serafina oder ich.

Montag, 3. Juni

Ich bin gesellschaftlich ruiniert. Jetzt bleibt mir wirklich nur noch Sibirien.

Inzwischen sind die ersten Einladungen für die Party eingetrudelt. Genau genommen hat schon fast jeder, den ich kenne, eine bekommen. Die Auswahl ist mir schleierhaft. Ich dachte, jeder, der seinen Kopf mal diesem »*Haarscharf*-Fuzzi« anvertraut hat, sprich, wer in seiner Kundenkartei ist, bekommt eine Einladung. Natürlich hat jeder aus Serafinas Gefolge eine Einladung bekommen. Aber inzwischen wedeln auch Leute hocherfreut mit einer Einladung, deren Haare sich höchstens dafür eignen, unter einer Mütze versteckt zu werden, und die maximal unter das Kriterium fallen, »im Besitz von Haaren« zu sein.

Hey, ich habe auch Haare! Und ich war schon zweimal in dem Laden zum Haareschneiden!

Täglich renne ich nach der Schule in neuer persönlicher Bestzeit nach Hause und hoffe, dass endlich auch meine Einladung im Briefkasten liegt.

Es ist eine Sache, diese dämliche Veranstaltung nicht besonders ernst zu nehmen, aber eine andere, nicht eingeladen zu werden.

Auch heute stürzte ich sofort in die Küche. »Und, ist die Einladung gekommen?«

Gähnende Leere.

Gut, nächster Versuch.

Meine Mutter war im Garten und versuchte Rosmarinsträucher zu pflanzen. Neben ihr lag ein aufgeschlagenes Buch *Gesünder würzen mit selbst angebauten Kräutern*. Eines Tages würde sie noch mal aus Versehen ein Buch einpflanzen.

»Post da?«, fragte ich atemlos.

Meine Mutter sah auf. »Was?«

»Einladung, groß, Briefumschlag, weiß, Absender: *Haarscharf*, Briefkasten, da?«, keuchte ich, denn langsam verließ mich meine Kondition.

Meine Mutter sah mich entsetzt an. »Kind, ist alles in Ordnung? Komm, setz dich.« Sie schob ein paar Obststräucher zur Seite und wischte mir einen Platz auf einer Kiste neben Erdbeer- und Kartoffelpflanzen frei. »Also, noch mal langsam. Was ist los?«

Ich seufzte.

»Das hat doch nichts mit dem Russen zu tun? Oder?«, fragte sie erschrocken.

Ich schüttelte den Kopf. »Nein, ich will nur wissen, ob eine Einladung zur *Haarscharf*-Party gekommen ist.«

Meine Mutter überlegte kurz, dann nickte sie. »Ja.«

»Und wo ist sie?«

»Flippi hat sie.«

Ich sprang entgeistert auf. »Was? Und du hast sie ihr gegeben? Das ist ja wohl das Letzte! Hat man hier denn gar keine Privatsphäre mehr?«

Bevor meine Mutter noch etwas sagen konnte, stürmte ich zu Flippis Zimmer und riss die Tür auf.

»Wo ist sie?«

Flippi war aufgesprungen und ging in Kampfhaltung. »Was?«

»Die Einladung.«

»Was geht dich das an?«

»Na, hör mal. Die ist für mich!«, empörte ich mich und machte einen Schritt auf sie zu.

»Besorg dir 'ne eigene«, blökte Flippi mich an und kam ebenfalls auf mich zu.

In letzter Sekunde warf sich meine Mutter dazwischen, die sicherheitshalber hinterhergekommen war. Sie hatte in der einen Hand noch den Rosmarinstrauch, von dem die Erde langsam herunterkrümelte.

»Was ist hier los?«, fragte sie.

»Sie hat einfach meine Einladung geklaut«, empörte ich mich.

Flippi stemmte die Arme in die Seite. »Die war für mich!«

Ich sah Flippi entgeistert an. »Du hast 'ne Einladung bekommen?«

Flippi ließ sich lässig auf ihr Bett fallen. »Logo. Du nicht?«

»Das glaub ich nicht.« Ich ließ mich völlig fertig auf Flippis Schreibtischstuhl fallen.

Meine Mutter hatte sich inzwischen die Einladung geschnappt und las sie durch. »Die ist wirklich für Flippi.« Dann sah sie mich tröstend an. »Schatz, deine Einladung wird auch noch kommen.«

Meine hirnamputierte, schneckenzüchtende kleine Schwester hatte eine Einladung und ich nicht! Ich konnte es nicht glauben. Das musste ich erst mal verdauen.

Ich schlich in mein Zimmer, legte mich aufs Bett und versank in Selbstmitleid.

Meine Mutter streckte ihren Kopf zur Tür herein. »Alles okay, Jojo-Schatz? Hast du vielleicht Lust, ein paar Radieschen mit mir zu pflanzen?«

Ich schüttelte stumm den Kopf.

Meine Mutter kam herein, setzte sich zu mir aufs Bett und nahm mich, immer noch mit dem Rosmarinstrauch in der Hand, in den Arm. »Weißt du, so eine Party ist nicht alles.«

»Weiß ich, aber darum geht's ja auch nicht.« Ich schaute ärgerlich auf den Erdklumpen am Rosmarin. »Mam, du machst meinen Boden schmutzig.«

Meine Mutter sah genau hin. »Die Erde ist auf dein Bett gefallen, nicht auf den Boden.« Sie schubste mich fröhlich an und meinte: »Du willst doch gar nicht auf diese Party!«

»Trotzdem will ich eingeladen werden«, schimpfte ich. »Dann erst kann ich nicht hinwollen! Wieso bin ich nicht eingeladen?«

»Sicher kommt die Einladung noch.«

»Und wenn nicht?«

»Dann macht das doch auch nichts.«

»Mam! Du verstehst das nicht!«

Meine Mutter schaute sehr unglücklich, bestimmt wünschte sie sich jetzt einen ihrer Ratgeber herbei.

Zum Glück kam in dem Moment Oskar zu uns ins

Zimmer. Der war definitiv besser als jeder Erziehungsratgeber.

Meine Mutter setzte ihn kurz ins Bild.

»Also, wenn dir so viel daran liegt …«, überlegte er, dann hellte sich seine Miene auf. »Wir haben doch eine Einladung hier.«

»Die ist für Flippi«, flüsterte meine Mutter ihm schnell zu.

»Ja, aber das macht doch nichts.«

Ich sah ihn entgeistert an. »Soll ich vielleicht als Flippi dahin gehen? Das könnt ihr vergessen. Das ist ja noch peinlicher, als gar nicht hinzugehen!«

Meine Mutter warf Oskar einen vorwurfsvollen Blick zu.

»Nein. Sollst du ja auch nicht«, stellte Oskar klar. »Aber ich könnte sie kopieren. Dann hast du auch eine. Bei den vielen Leuten wird das schon nicht auffallen.«

Meine Mutter schüttelte entsetzt den Kopf. »So was machen wir nicht.«

»Wenn man mich nicht haben will, dann geh ich da auch nicht hin!« Ich ließ mich gefrustet nach hinten fallen.

Oskar und meine Mutter wechselten einen Blick.

Meine Mutter stand entschlossen auf. Dabei fiel auch noch der Rest der Erde vom Rosmarin. Diesmal auf den Boden.

»Weißt du, Schatz, so schnell geben wir nicht auf. Ich nähe dir auf jeden Fall ein Kleid. Dann kommt bestimmt auch die Einladung.«

Ich sah sie leidend an. »Die kommt nicht mehr!«

»Sie wird kommen. Ja, sie wird kommen«, setzte sie energisch hinzu. »Aber lass uns jetzt erst mal was essen, Schatz.«

»Ich hab gekocht«, sagte Oskar schnell, bevor ich aufstöhnen konnte.

Montag, 3. Juni, etwas später

Das Mittagessen war voll deprimierend. Obwohl Oskar wirklich gut gekocht hatte.

Oskar versuchte mich mit mehr oder weniger witzigen Bemerkungen aufzuheitern, meine Mutter starrte eine Salzkartoffel an und Flippi genoss sichtlich die Situation, dass sie eine Einladung bekommen hatte und ich nicht.

»Was meinst du, was ich anziehen soll?«, fragte sie meine Mutter, ohne den Blick von mir zu wenden.

»Was?«, fragte meine Mutter etwas abwesend, weil sie gerade dabei war, eine Art Zwiegespräch mit der Kartoffel zu führen. Es schien darum zu gehen, ob ihre selbst angebauten Kartoffeln besser schmeckten als dieses gekaufte Exemplar.

»Na bei der *PARTY*«, sagte Flippi. Sie genoss jeden Buchstaben des Wortes. »Da muss ich schon was Cooles anziehen. Schließlich wurden nur die coolen Leute eingeladen.«

Ich blickte stur auf meinen Teller und überlegte,

ob ich zur Ablenkung mit einer Erbse plaudern sollte.

»Flippi, darüber reden wir später«, sagte meine Mutter schnell und wollte sich wieder ihrem Kartoffel-Partner zuwenden.

»So viel Zeit ist aber nicht mehr bis zur *PARTY*«, grinste Flippi.

»Flippi, ich hab dir doch gesagt, wir reden später!«, presste meine Mutter zwischen den Zähnen heraus.

»Ach, das warst du«, sagte Flippi unschuldig. »Ich dachte, die Kartoffel hätte das eben gesagt.«

Bevor diese Diskussion weiter ausgeführt werden konnte, sprang Oskar ein und versuchte Flippi abzulenken. »Na, was machen die neuesten Zuchtversuche?«, fragte er Flippi.

Sein Konzept ging auf, denn Flippi liebt es tatsächlich noch mehr, über ihre Schnecken zu reden, als ihre Mitmenschen zu quälen.

»Sehr gut, sehr gut«, sagte sie. »Ich denke, ich bin bald so weit und kann sie anbieten.«

»Was für Schnecken sind es denn?«

»Die freundliche Nachbarschaftsschnecke!«, erklärte Flippi begeistert.

Oskar nickte bedächtig. »Klingt interessant. Und wodurch zeichnet sie sich aus?«

»Sie ist fröhlich, freundlich, hilfsbereit und immer zu einem Scherz aufgelegt. Jeder wird sie lieben. Sie wird der Renner.«

Darüber vergaß ich sogar, meine Erbse zu hypnotisieren, und sah zu Flippi. »Das meinst du jetzt aber nicht im Ernst, oder? Wie soll denn eine behämmerte Schnecke so was können?«

Flippi blitzte mich an. »Na ja, ich könnte auch die coole Partyschnecke züchten«, bot sie an. »Die würde bestimmt eine Einladung bekommen.«

Ich sprang auf und wollte mich auf Flippi stürzen. Die stand allerdings auch schon und war in Kampfhaltung gegangen.

Oskar stellte sich zwischen uns.

Auch meine Mutter war aufgestanden. »Jetzt reicht es! Ihr hört beide sofort damit auf!«

»Aber sie hat angefangen«, beschwerte ich mich.

»Das ist mir egal. Ich hab gesagt, beide.« Dann erinnerte sie sich wohl noch an einen Tipp aus einem Erziehungsratgeber älteren Datums. »Und wenn ihr nicht mit Streiten aufhört, geht ihr ohne Abendbrot ins Bett.«

Flippi und ich sahen uns verwundert an.

Auch Oskar schien ein wenig verwirrt. »Isolde, es ist erst halb zwei«, flüsterte er ihr zu.

»Das ist mir egal«, wütete meine Mutter weiter und sah ihn an, als müsste er auch gleich ohne Abendbrot ins Bett.

»Wer kocht heute Abend?«, wollte Flippi wissen.

Meine Mutter atmete tief ein.

»Ihr geht am besten erst mal auf eure Zimmer«, instruierte Oskar uns, schob uns zur Küche raus und sprintete zum Teeschrank.

Wie soll man bloß eine solche Kindheit schadlos überstehen?

Dienstag, 4. Juni

Heute in der Schule kam die Stunde der Wahrheit. Oder vielmehr dann doch nicht. Ich hatte beschlossen, Lucilla nicht vor die Wahl zu stellen: Serafina oder ich. Weil – ehrlich gesagt, hatte ich Angst, sie würde Serafina wählen. Ich hatte entschieden, erst mal so zu tun, als würde mich das alles gar nicht nerven, denn damit konnte ich zumindest in Lucillas Nähe bleiben. Ich würde nur eingreifen, wenn sich eine Katastrophe anbahnte. Also ließ ich mich auf weitere »Geheimtreffen« ein und brachte Lucilla nicht in Verlegenheit, indem ich sie vor Serafinas Augen ansprach. Ich war schon eine gute Freundin!

Bei Lucillas heutiger geheimer Botschaft hätte ich mir fast das Genick gebrochen. Sie hatte *Triff mich im Chemiesaal* auf eine Bananenschale geschrieben und sie unauffällig vor meine Füße fallen lassen. Nachdem ich darauf ausgerutscht war, konnte ich es kaum noch entziffern.

Sie sollte sich Treffpunkte aussuchen, die weniger Buchstaben haben und deshalb auf ein Kaugummipapier passen, das war ungefährlicher.

Ich hinkte zum Chemiesaal und huschte ungesehen durch die Tür. Hm, Lucilla war wohl noch nicht da. Ich lehnte mich an ein Regal und wartete. Plötzlich tauchte Lucilla ganz unvermittelt hinter mir auf. Ich erschrak, schrie laut auf und brachte das Regal mit den Reagenzgläsern fast zum Umfallen. Lucilla und ich hielten beide das Regal fest.

Als sich alles beruhigt hatte, trat ich erleichtert einen Schritt zurück und stieß dabei mit dem Ellenbogen eine Flasche vom Regal nebenan um. Sie fiel auf den Boden und zerbrach.

»Jojo!«, rief Lucilla tadelnd. »Was machst du nur immer?«

»Na hör mal, wenn du wie Rumpelstilzchen aus dem Nichts herausgehüpft kommst, muss man sich ja erschrecken!«

Als Antwort seufzte sie nur. Dann strahlte sie mich an. »Was ich dir unbedingt sagen wollte …« Sie fing an zu schnüffeln. »Was stinkt denn hier so?«

Unsere Blicke fielen auf die kaputte Glasflasche.

Ich beugte mich runter und schaute auf das Etikett. »Schwefel-irgendwas.« Es stank wie faule Eier. »Meinst du, unsere Chemielehrer basteln heimlich Stinkbomben?«

»Also Jojo, wirklich«, seufzte Lucilla. »Wieso hast du denn ausgerechnet diese Flasche runtergestoßen?«

»Herrje, ich hab's mir doch nicht ausgesucht!«, fauchte ich und bekam ziemlich schlechte Laune.

»Ist ja auch egal«, meinte Lucilla großzügig, hielt sich die Nase zu und zog mich in eine andere Ecke.

Sie stellte sich in Positur und strahlte wieder. Ich versuchte durch den Mund zu atmen. Der Gestank war wirklich scheußlich.

»Es hat geklappt!«, verkündete Lucilla stolz. »Mein Traum ist in Erfüllung gegangen!«

»Die Lippenstiftpreise wurden gesenkt?«, vermutete ich spöttisch.

»Wirklich?«, fragte Lucilla erstaunt. »So ein Murks. Ich habe mir gerade vorgestern einen gekauft.«

Ich verdrehte die Augen.

»Na, auf alle Fälle …« Lucilla machte eine Kunstpause. »Ich habe gestern eine Einladung bekommen!!«

Au Mann, irgendwie war Einladung und Party momentan nicht unbedingt mein Lieblingsthema.

»Schön für dich«, sagte ich emotionslos.

»Justus hat eine, ich hab eine – oh, es wird einfach wundervoll.« Lucilla freute sich noch einen Moment, dann sah sie mich forschend an. Ihre Augen weiteten sich vor Entsetzen. »Oh mein Gott! Es ist passiert!«

»Was? Was ist passiert?« Ich sah mich um.

»Du hast keine bekommen.«

»Was?«

»Na, keine Einladung für die Party. Oh, Jojo! Ich hab dir doch die ganze Zeit gesagt, du musst cooler werden. Da haben wir den Salat!«

»Spinnst du?« Jetzt hatte ich wirklich die Nase voll. Was dachte die sich eigentlich? »Bei uns ist gestern auch eine Einladung angekommen! Allerdings …«

»Gott sei Dank. Nur die völligen Loser bekommen nämlich keine, musst du wissen.«

Na toll. Danke auch. Ich sollte besser gleich klarstellen, dass die Einladung für meine kleine Schwester war.

»Also, genau genommen ist die Einladung nicht …«

»Es hätte mir das Herz gebrochen, wenn du keine Einladung bekommen hättest«, flötete Lucilla in extrem hoher Tonlage und fuhr sich affektiert durch die Haare.

Ich schwieg. Sollte ich ihr das Herz brechen?

»Mir wird schlecht von dem Gestank, ich muss hier raus«, beendete ich unser Treffen.

Lucilla nickte dankbar.

Bevor wir die Tür öffneten, wurde Lucilla auf einmal wieder die Lucilla, die ich kannte.

Sie legte den Arm ganz lieb um mich und meinte mit ihrer normalen Stimme: »Ich bin so froh, dass du auch dabei sein wirst. Ohne dich würde es mir bestimmt keinen Spaß machen.«

derselbe Dienstag, 4. Juni

Am Nachmittag traf ich mich mit Sven, Justus und Lucilla. Lucilla hatte mich noch ein paarmal angerufen und daran erinnert, doch ja meine Kleidung zu wechseln und zu duschen. Das wäre gar nicht nötig gewesen, denn wo immer ich vorbeikam, wurde ich durch die Reaktion der andern sowieso daran erinnert. Ich stank aber auch wirklich ganz erbärmlich. Leider glaubte keiner meinen Beteuerungen, ich hätte einen Unfall im Chemiesaal gehabt und dass es sich um den typischen Geruch von irgendeiner Schwefelverbindung handelte.

Flippi versuchte zu Hause eine Quarantäne für mich durchzusetzen und meine Mutter erwog zunächst, meine Kleidung zu verbrennen, hatte dann aber Angst, es gäbe vielleicht eine Explosion, wenn die chemischen Dünste meiner Kleidung mit Feuer in Berührung kämen. Sie entschloss sich daher, meine Kleider im Garten in der Regentonne einzuweichen. Flippi murmelte was von wegen »Sondermüll«, schaute dabei aber nicht auf meine Kleidung, sondern auf mich. Ich duschte dreimal hintereinander.

Als ich nachmittags in der Eisdiele eintrudelte, waren die anderen schon da. Hoffentlich hatte Lucilla die Geschichte mit der Einladung wieder vergessen.

»Ich hab's den anderen schon erzählt«, verkündete Lucilla in Quietschtonlage.

»Was?« Ich hoffte verzweifelt, dass sie von den gesunkenen Lippenstiftpreisen sprach.

»Na, dass du jetzt endlich auch deine Einladung bekommen hast. Das wäre ja nicht auszudenken gewesen. Wo wir drei doch schon längst eine haben.«

»Also ich finde, du übertreibst«, sagte ich.

»Oh nein. Keine Einladung zu bekommen ist eine Katastrophe! Dann kannst du dich nirgendwo mehr blicken lassen!«, sagte Lucilla dramatisch.

Oh Mann! Womit hatte ich das nur verdient?

»Ist ja auch egal. Jetzt haben wir doch alle unsere Einladungen«, sagte Justus und lächelte Lucilla an. Er zog eine Comicfigur heraus und reichte sie ihr.

Lucilla quiekte auf und küsste Justus stürmisch, dann hielt sie uns die Figur hin. »Ist die nicht süüüüüüß?!«

Sven und ich starrten auf eine kleine Bärenfigur, der Justus eine lange wallende Perücke angeklebt hatte. Wir nickten folgsam.

Dann überreichte mir Sven mit einer leichten Verbeugung eine imaginäre Blume und meinte: »Wertes Fräulein, würden Sie mir wohl die übergroße Ehre gewähren, Sie zur Party der Wichtigen und Coolen zu begleiten?«

Justus lachte und Lucilla sah Sven leicht tadelnd an.

»Ach, lass doch den Blödsinn«, knurrte ich unglücklich.

Sven sah mich etwas irritiert an. »Na gut, dann gehen wir die Sache mal praktisch an. Mein Vater könnte uns hinfahren. Wir treffen uns einfach vorher bei mir.«

»Sehr gut, dann muss ich nicht mit meiner Schwester zusammen da einmarschieren«, meinte Justus.

»Ich weiß wirklich nicht, was ihr alle gegen Serafina habt«, warf Lucilla ein.

»Du hast gut reden«, lachte Justus. »Du musst nicht mit ihr zusammen wohnen.« Dann wandte er sich an alle und meinte: »Also, Treffpunkt bei Sven.«

Sven nickte und Justus sah Lucilla und mich an.

Ich nickte halbherzig und hoffte, dass damit dieses Thema erst mal erledigt wäre. Ich vertiefte mich in meine Cola und konzentrierte mich auf die unendlich verschiedenen Möglichkeiten, sie durch einen Strohhalm zu trinken.

Lucilla nickte auch nur sehr sparsam. Sie stocherte möglichst lässig in ihrem Eisbecher für Verliebte herum, den sie sich wie immer mit Justus teilte, und versuchte wohl die Eissorten, die inzwischen geschmolzen waren, wieder nach Farben zu trennen.

»Gut, dann wäre das ja erledigt. Also, was gibt es noch?«, fragte Sven in die Runde.

Justus überlegte. »Die Sitzfrage.«

»Na, wir sitzen natürlich zusammen an einem Tisch.« Sven sah uns an.

Lucilla war wohl gerade an einer besonders schwierigen Farboperation und reagierte nicht, während ich versuchte, ein besonders schönes Ringelmuster mit Cola hinzubekommen.

»Sagt mal, was ist denn? Erst macht ihr uns mit eurer komischen Party verrückt und jetzt planen Justus und ich das alles alleine?«

»Ja, du hast recht. Wir sollten das Thema wechseln«, stimmte ich Sven sofort zu.

»So hab ich das eigentlich nicht gemeint«, entgegnete er verblüfft.

»Gut, also an einem Tisch?«, fragte Justus noch mal.

Ich zuckte die Schultern.

Lucilla sah theatralisch auf. »Ach, um den Tisch bei der Party geht es. Justi, da hab ich super Neuigkeiten für dich. Ich hab uns den besten Tisch überhaupt gesichert.«

Justus zog die Augenbrauen hoch. »Und der wäre wo?«

»Wir beide sitzen bei Serafina und den anderen *Haarscharf*-Girl-Anwärterinnen!«

Wir starrten sie alle an.

Lucilla wurde unsicher. »Ich kann nichts dafür. Serafina hat mich gefragt und da konnte ich doch nicht Nein sagen«, sagte sie flehentlich und sah dann zu Boden. »Außerdem ist es der coolste Tisch der Party!«, murmelte sie noch vor sich hin.

»Schon okay«, seufzte Justus und küsste sie. Dann wandte er sich an uns. »Zum Glück bin ich ja nicht allein unter den Hühnern«, sagte er zu Sven und mir. »Ihr lasst mich doch nicht hängen, oder?«

Sven grinste mich an. »Tja, ich weiß nicht, was Jojo dazu sagt. Gibt es denn eine Mindestzeit, die man am Tisch verbringen muss?«

Lucilla räusperte sich, es war ihr sichtlich peinlich. »Da gibt es noch ein kleines Problem … äh … also … ich hab keinen Einfluss auf die Tischordnung, Serafina hat die Plätze zugeteilt. Und … Jojo und Sven können leider nicht an unserem Tisch sitzen.«

Ich brauchte einen Moment, bis ich es kapierte. Dann riss mir der Geduldsfaden. »Bitte?! Heißt das, wir entsprechen leider nicht den Vorschriften, um mit dir an einem Tisch zu sitzen?«

Eigentlich konnte es mir ja egal sein, an welchem Tisch ich *nicht* sitzen würde, da ich sowieso gar nicht in die Verlegenheit kommen würde, an irgendeinem Tisch sitzen zu müssen, aber es ärgerte mich trotzdem. Jetzt hatte ich nicht nur keine Einladung, sondern auch keinen Tisch.

»Jojo, das musst du doch verstehen. Bitte, es ist nur für einen Abend. Ich kann ja ganz oft zu euch an den Tisch kommen.« Sie überlegte einen Moment und fügte noch kleinlaut hinzu: »Oder wir treffen uns sonst wo.«

Ich schnappte nach Luft und sagte gar nichts mehr.

Sven zuckte die Schultern. »Dann sitzen Jojo und ich eben an einem anderen Tisch«, sagte er kurz.

Ja, und an was für einem anderen Tisch ich sitzen würde! An unserem Küchentisch! Sven sollte sich besser was zu lesen mitnehmen.

Ich war wütend. Und die Stimmung war definitiv im Eimer. Mit Lucilla war ich fertig.

Demonstrativ lehnte ich mich mit meinem Stuhl nach hinten und schaute zur Seite. Leider versuchte ich wohl etwas zu viel Distanz zu Lucilla zu demonstrieren, denn der Stuhl kippte und ich fiel herunter.

Sven half mir wieder hoch.

Lucilla beugte sich über den Tisch und tat besorgt. »Alles okay, Jojo?«

Ganz kühl sagte ich: »Alles in bester Ordnung, ich wollte bloß gehen.«

»Gute Idee.« Sven nickte und stand auf.

Als wir zur Theke gingen, um zu bezahlen, meinte er zu mir: »Normale Leute stehen einfach auf, wenn sie gehen wollen, sie lassen sich nicht vom Stuhl fallen.«

»Ich werde es mir merken«, erwiderte ich kurz angebunden.

Beim Rausgehen sagte Sven zu mir: »Ich muss dir doch recht geben, Jojo.«

»Wobei?«

»Lucilla übertreibt wirklich.«

»Siehst du. Das sag ich doch die ganze Zeit!«, triumphierte ich. »Es macht überhaupt keinen Spaß mehr, Zeit mit ihr zu verbringen.«

Sven nickte. »Allerdings.«

Dann hatte ich eine Idee. »Warum schenken wir uns nicht einfach diesen ganzen Blödsinn mit der Party?«

Sven umarmte mich. »Komm schon, Jojo, so schlimm ist es auch wieder nicht, wenn man nicht am Tisch der Supercoolen sitzen darf. Hauptsache, man ist cool genug, um überhaupt eingeladen zu werden«, grinste er ironisch.

Oh, Sven!

und immer noch Dienstag, 4. Juni ....

Als Sven mich zu Hause ablieferte, trafen wir auf Flippi, die ihre Schnecken gerade am Gartenzaun Gassi führte.

Sven und Flippi verstehen sich gut. Flippi hat einen gewissen Respekt vor Sven. »Der Junge braucht jede Unterstützung, die er kriegen kann«, meint sie immer. »Schließlich ist er mit meiner unzurechnungsfähigen Schwester zusammen.«

»Hey, Flippi, was wird das? Die Mount-Everest-Schnecke?«, fragte Sven.

»Nein, eine freundliche Nachbarschaftsschnecke.« Flippi überlegte einen Moment. »Aber deine Idee ist auch gut. Ich werde bei Gelegenheit mal den Markt dafür erkunden. Zurzeit denke ich aber eher über Partyschnecken nach.«

»Partyschnecken?« Sven schaute mich an. »Hast du die bestellt?«

Ich schüttelte den Kopf und meinte sehr sparsam: »Flippi hat eine Einladung für die Party bekommen!«

Sven lachte. »Das ist ja echt 'ne Überraschung! Ich finde das großartig, dass du auch eingeladen bist, Flippi. Dann können wir sicher sein, dass die Party noch einige Zeit Gesprächsthema bleibt und Jojo und ich uns dort nicht langweilen.«

Flippi schaute überrascht zu mir. »Ihr beide geht auf die Party?«

Sven nickte. »Und das ist gar nicht so selbstverständlich, wie man vielleicht annehmen könnte. Immerhin ist Jojo ja nicht gerade als ›cool‹ verschrien und das war offensichtlich das diesjährige Kriterium für eine Einladung.«

Flippi beobachtete mich die ganze Zeit. Ich sank unter Svens Worten völlig in mich zusammen. Sven meinte es nicht ernst, das wusste ich, er machte sich bloß über die ganze Aufregung lustig, aber ich war ziemlich getroffen.

»Du solltest nicht so viel auf das dämliche Cool-Gerede geben!«, sagte Flippi zu Sven. »Wenn jemand zufällig nicht eingeladen wird, dann muss das überhaupt nichts zu bedeuten haben. Und wenn, sagen wir mal …«

Flippi sah mich an, ich schaute flehentlich zurück und versuchte ihr per Gedankenübertragung alles Mögliche zu versprechen, damit sie die Klappe hielt.

Erstaunlicherweise tat sie es.

Während ich noch überlegte, ob das jetzt bedeutete, dass ich ihr ab sofort mein Zimmer als Ausbildungsparcours für ihre Schnecken überlassen musste, fing sie an, ihre Lieblinge wieder einzusammeln.

»Wie auch immer«, meinte sie zu Sven, »wenn du ein paar gut ausgebildete Partyschnecken brauchst, du weißt, wo du nachfragen kannst.« Damit marschierte Flippi Richtung Haus.

»Danke!«, rief Sven Flippi hinterher.

Im Weggehen drehte sich Flippi noch mal um. »Jojo, sind deine Halsschmerzen besser geworden?«, fragte sie mich.

Ich sah sie irritiert an.

»Ich meine, du wirst doch wohl nicht etwa krank, so kurz vor der Party?«, rief sie.

Jetzt kapierte ich. »Hoffentlich nicht!«, rief ich ihr hinterher, dann war sie im Haus verschwunden.

Sven sah mich an. »Du fühlst dich nicht wohl?«, fragte er besorgt.

»Nein«, ich versuchte leicht leidend und krächzend zu klingen, »schon ein paar Tage nicht.« Das war gar nicht mal gelogen, denn ich fühlte mich wirklich nicht wohl. »Kann sein, dass ich vielleicht nicht mit auf die Party kann.« Auch das war nicht gelogen.

»Das wäre aber schade. Mit wem soll ich denn dann tanzen?«

Tja, das hatte ich mir ja auch schon überlegt.

»Nimm ein Buch mit«, riet ich ihm.

Sven lachte. »Na, das wäre ja noch schöner. Es sind noch ein paar Tage. Warten wir doch erst mal ab, vielleicht verzieht sich deine Erkältung wieder.«

Ich nickte. So was kann man ja immer hoffen.

»Was du brauchst, sind vielleicht ein paar Vitamine und ein bisschen Ruhe.«

Was ich brauchte, war eine Einladung! Aber die gab es leider nicht auf Rezept.

»Ich geh dann mal.« Sven wollte sich von mir verabschieden.

Um überzeugend zu wirken, hustete ich. Leider wohl etwas übertrieben, ich klang wie ein Dauergast in einer Lungenklinik. Damit brachte ich mich um meinen Abschiedskuss.

Sven rückte von mir ab und meinte: »Dagegen solltest du dringend was tun.«

Bevor ich auf mein Zimmer ging, schaute ich noch mal bei Flippi vorbei.

»Hey, danke!«

»Nix ›danke‹, das macht einen Euro.«

»Waaas?«

Flippi überlegte. »Stimmt, du hast recht. Zwei Euro«, erhöhte sie.

»Na, hör mal …«, protestierte ich.

»Es wird immer teurer«, warnte mich Flippi freundlich. »Also, wenn du Wert darauf legst, dass Sven weiter denkt, du bist erkältet …«

Ich seufzte und fischte in meiner Hosentasche nach dem Geld.

Mittwoch, 5. Juni

Gestern Abend hat mich Lucilla noch mal angerufen. Sie hat sich entschuldigt und hat versucht, mir das Ganze mit dem Tisch noch mal zu erklären.

»Jojo, versteh doch, das hat mit dir nichts zu tun. Ich mach das alles nur für Justus«, flehte sie mich an.

»Ich habe nicht das Gefühl, dass Justus sehr glücklich darüber ist, mit Serafina an einem Tisch zu sitzen«, wandte ich ein.

»Ach, das wird er schon noch, wenn er sieht, wie cool das ist. Das hat Serafina gesagt.«

Ich schnaubte wütend.

»Sei bitte nicht sauer, Jojo. Du bist und bleibst meine beste Freundin. Ehrlich. Das mit Serafina ist was anderes. Sie gibt mir Tipps für Justus, damit ich nichts falsch mache. Bitte versteh das doch.«

Na gut, dann verstand ich es eben. Zumindest wollte ich es versuchen. Schließlich war Lucilla ja auch meine beste Freundin.

Donnerstag, 6. Juni ....

Sven hat mir heute Hustenbonbons und Kräutertee vorbeigebracht. Ach, er ist schon süß!

Meine Mutter schaute die Geschenke etwas irritiert an, wobei sie den Tee gleich probierte. Flippi hatte nämlich bei dem Versuch, eine »Freundliche-Nachbarschaftsschnecke-die-im-Teich-wohnt« zu züchten, das Badezimmer und damit auch den gesamten ersten Stock von Oskars Haus überflutet.

Das löste bei meiner Mutter eine ernste Krise aus.

»Wir hätten nicht hierherziehen sollen!«, schüttelte sie den Kopf, während wir am Abendbrottisch saßen und Flippi auf ihre Strafe und ich auf mein verkorkstes Abendessen wartete.

»Aber Isolde, das hat doch nichts mit dem Umzug zu tun!«, versuchte Oskar sie zu beruhigen. »Sieh mal, in eurer alten Wohnung hat Flippi Löcher in den Teppich gebrannt, das Aquarium zum Explodieren gebracht und sonst was angestellt.«

Meine Mutter sah ihn scharf an. »Was willst du damit sagen?«, fauchte sie.

»Nichts! Gar nichts!«, sagte Oskar schnell. »Ich

meine nur, das bisschen Wasser. So schlimm ist das nicht.«

»Genau«, pflichtete Flippi ihm bei. »Und außerdem hast du damit das Putzen für die nächsten vier Wochen gespart.«

Jetzt sah meine Mutter Flippi scharf an. »Ich glaube, du solltest dich besser da raushalten.«

Flippi überlegte kurz. »Aber es geht doch um mich.«

Meine Mutter holte tief Luft.

»Flippi, lass mal«, instruierte Oskar Flippi und wandte sich dann schnell an meine Mutter. »Weißt du, Isolde, ich finde wirklich, dass alles ganz prima läuft. Die Kinder fühlen sich wohl.« Oskar machte eine Handbewegung zu uns, und Flippi und ich nickten brav. Stimmte ja auch, es war schon klasse hier und Oskar war einfach super. »Und ich finde es auch total schön, euch bei mir zu haben. Ihr bringt Leben in das Haus. Und auch der Garten sieht so …« Oskar suchte nach Worten und wir schauten nach draußen. »Er sieht so ganz anders aus als vorher«, beendete Oskar seinen Satz.

Ja, das war sicherlich eine gute Umschreibung für den Zustand des Gartens, nachdem meine Mutter angefangen hatte, sich mit ihm zu beschäftigen.

»Also, du siehst, der Umzug war richtig. Es ist alles perfekt.« Oskar zögerte, dann fällte er wohl eine Entscheidung. »Es ist fast perfekt, bis auf eine kleine Sache.«

Flippi und ich setzten uns gerade hin und gingen

in Alarmbereitschaft. Oskar würde es doch hoffentlich nicht schon wieder versuchen?

»Das überschwemmte Badezimmer kriegen wir schon wieder hin«, warf ich schnell ein.

Umsonst.

Oskar räusperte sich. »Isolde, willst du meine Frau werden?«

Oh nein, er lernte es nie!

Flippi und ich gingen vorsichtshalber in Deckung.

»Kannst du nicht endlich damit aufhören?«, fauchte meine Mutter den armen Oskar an. »Wie oft soll ich es dir noch sagen? Mit dem Heiraten bin ich endgültig durch! Und wenn du mich wirklich liebst, fragst du mich nie wieder, ob ich dich heiraten will!«

Oskar sank in sich zusammen und starrte traurig vor sich hin.

Meine Mutter rauschte mit einem »Wir hätten nicht hierherziehen sollen!« wütend nach draußen ab, wo sie mit einem Spaten bewaffnet dem Kartoffelfeld zu Leibe rückte. Die Kartoffelernte würde dieses Jahr wohl nicht so gut ausfallen.

Flippi klopfte Oskar auf die Schulter. »Prima Ablenkungsmanöver. Aber ich bin echt gespannt, wie du da wieder rauskommst.«

Oskar sah uns nachdenklich an. »Ich dachte, vielleicht klappt es in so einer Situation. Wenn sie mich schon nicht heiraten will, wenn ich sie in romantischen Situationen frage … Jetzt ist sie wieder sauer auf mich.«

»Schenk ihr einfach ein paar Pflanzen«, schlug ich vor.

»Aber nichts Gesundes!«, fügte Flippi noch streng hinzu. »Besorg mal Kakao- oder Gummibärchenpflanzen.«

Samstag, 8. Juni

Die Stimmung nach Oskars Heiratsantrag war nicht so besonders.

Oskar hat in den letzten Tagen ganz verzweifelt alle möglichen Pflanzen, die mit roten Herzen, Pralinen und Entschuldigungskärtchen verziert waren, angeschleppt. Meine Mutter hat ihm die Pflanzen wütend aus der Hand genommen und sie so energisch eingepflanzt, als würde sie befürchten, dass sie sich wieder befreien und weglaufen könnten. Vermutlich war es auch genau das, was die Pflanzen am liebsten getan hätten.

Wann immer Oskar etwas sagen wollte, fuhr ihm meine Mutter über den Mund: »Wag es bloß nicht! Die Antwort ist: Nein!«, fauchte sie.

Oskar sah dann ganz traurig aus und murmelte verschüchtert so etwas wie: »Aber ich wollte doch nur wissen, ob du noch einen Tee haben möchtest.«

Das war allerdings mein geringstes Problem. Außerdem würden die beiden sich vermutlich spätestens heute Nachmittag wieder vertragen. Dann war

nämlich die übliche Schmollfrist meiner Mutter ab-
gelaufen.

Viel schlimmer war, dass ich jetzt Sven anrufen
musste, um ihm mitzuteilen, dass ich nicht mit ihm
auf die Party gehen konnte.

»Geht es dir echt so schlecht?«, fragte er teil-
nahmsvoll.

Eigentlich wollte ich das ziemlich lässig abhan-
deln, aber auf Svens Frage schluchzte ich gleich los:
»Ja, es geht mir ganz furchtbar schlecht!« Und das
stimmte wirklich. Ich hatte mich noch nie so elend
gefühlt.

»Es tut mir so leid, Jojo, dass du die Party ver-
passt.«

Ich schniefte eine Antwort.

»Aber weißt du, wer will schon auf diese dämliche
Party ...«

»Jeder«, unterbrach ich ihn jammernd. »Sogar
Flippi hat 'ne Einladung!«

»Bringt sie ihre Partyschnecken mit?«, fragte Sven.

»Das ist mir doch egal!«, brüllte ich in den Hörer.

»Ja, du hast ja recht. Also, was ich eigentlich sagen
wollte: Ich lass diese Party einfach sausen und
komme bei dir vorbei und mache einen Krankenbe-
such. Was meinst du?«

Ich schluchzte laut auf. Sven war wirklich der sü-
ßeste Junge überhaupt. Ich hatte ein rabenschwarzes
Gewissen, weil ich ihn angeschwindelt hatte, aber
ich konnte jetzt einfach nicht mehr zugeben, was eigentlich das Problem war.

»Nein, geh du wenigstens hin und amüsiere dich.«

»Jojo, die Party ist mir völlig egal.«

Ach, na toll. Das war ja ein großzügiges Angebot. Er verzichtete auf etwas, was ihm sowieso egal war!

»Nein, geh auf die Party. Du kannst mir ja dann erzählen, wie es war.« An der Stelle musste ich wieder ein bisschen schniefen.

Ich überzeugte Sven davon, ohne mich hinzugehen, und heulte dann noch ein bisschen. Teils weil ich enttäuscht war, dass man mich nicht eingeladen hatte, teils aus Rührung über mich selbst, weil ich so edelmütig meinen Freund ganz allein auf diese Party geschickt hatte.

Dann rief Lucilla noch einmal an. Sie redete mit verstellter Stimme.

»Lucilla, bist du es?«

»Scht! Keine Namen!«

Ich stöhnte. »Lucilla, außer mir ist hier keiner, also beruhige dich.«

Lucilla seufzte. »Ach je, du hast ja recht. Ich bin schon ganz durcheinander.«

»Was gibt's?«

»Ich wollte einen geheimen Treffpunkt mit dir auf der Party ausmachen.«

»Vergiss es!«, schnaufte ich nur.

»Jojo, bitte, ich hab es dir doch erklärt. Du wolltest doch nicht sauer sein.«

»Nein, das ist es nicht. Ich kann nicht zur Party …

ich …« Ich zögerte. Eigentlich sollte ich meiner besten Freundin jetzt erzählen, dass ich nicht eingeladen war.

»Oh mein Gott!«, quietschte Lucilla entsetzt. »Ist etwas mit deinen Haaren?«

»Was? Nein, die sind in Ordnung. Es ist nur … ich bin … nicht in der Lage zu kommen … ich …«

»Hast du Angst vor Serafina?«

»Wie bitte! Das ist ja wohl das Letzte. Natürlich nicht. Ich bin krank!«

»Oh. Jojo, das tut mir so leid.«

»Ja, mir auch.«

»Was machen wir denn jetzt?«

»Was heißt, was machen wir jetzt? Nichts. Ich geh nicht hin. Fertig.«

»Hm«, überlegte Lucilla. »Das macht aber einen schlechten Eindruck.«

»Was? Wieso denn?«

»Ach, mach dir keine Gedanken. Ich werde jedem erzählen, dass du krank bist. Nicht dass nachher noch jemand glaubt, du hättest keine Einladung bekommen.«

»Lucilla …«

»Jojo, ich muss jetzt los. Ich erzähl dir morgen alles.«

»Lucilla! Ich …«

Zu spät. Lucilla hatte aufgelegt.

Samstagabend, 8. Juni

Alle meine Freunde waren jetzt auf der Party und amüsierten sich. Selbst meine völlig durchgeknallte kleine Schwester war mit einer Einladung bedacht worden. Nur ich nicht!

Irgendjemand musste doch daran schuld sein! Bestimmt hatte ich das alles Serafina zu verdanken!

Ich überlegte, ob mich vielleicht ein paar Rachepläne bezüglich Serafina aufmuntern konnten. Ich war aber viel zu erschöpft. Außerdem fallen mir nie Rachepläne ein. Das ist das Ressort von Flippi.

Und mir fiel auch nicht ein, wieso Serafina daran schuld sein könnte, dass ich mich jetzt so elend fühlte.

Es klopfte an meine Tür.

»Nein!«

Es klopfte wieder.

Was gab es an einem Nein eigentlich nicht zu verstehen? Ich versuchte es mit Schweigen.

Die Tür ging auf und meine Mutter schob den Kopf ins Zimmer. Sie sah mich mitleidsvoll an. »Hallo, Schatz, wie geht's dir?«

Als ich das mitleidige Gesicht meiner Mutter sah, wurde mir ganz heulig zumute. Ich schluchzte heftig auf. Sie kam ins Zimmer, setzte sich neben mich und nahm mich in den Arm. Nun fühlte ich mich noch elender.

Und als meine Mutter dann sagte: »Ach, mein armes, armes Kind«, war es mit meiner Fassung vorbei.

»Alle sind da. Nur ich nicht!«, heulte ich los.

Meine Mutter schluckte schwer. »Mein armer Schatz!« Mehr brachte sie nicht raus. Dann nickte sie tapfer und meinte: »Sollen diese Ignoranten doch einladen, wen sie wollen, wir werden uns hier ebenfalls amüsieren!«

Oh Gott, das klang wie eine Drohung.

Es klopfte wieder an meine Tür.

»Eilzustellung für Jojo Sonntag. Ist sie da?«

Meine Mutter sah mich gespielt erstaunt an. »Was das wohl ist?«

Oh nein. Die Stimme war die von Oskar, das war deutlich zu erkennen. Was hatten sich die beiden nur wieder ausgedacht? Das letzte Mal, als meine Mutter so etwas inszeniert hatte, war an Weihnachten gewesen, um Flippi von der Existenz des Weihnachtsmannes zu überzeugen. Als sie bei Flippi so gespielt überrascht gefragt hatte: »Wer klopft denn wohl am Heiligabend bei uns an die Tür?«, hatte Flippi geantwortet: »Wenn du es genau wissen willst: ein Student, der sich einen Bart angeklebt und alberne Klamotten angezogen hat. Wahrscheinlich bekommt er zu wenig Bafög und muss deshalb seinen Weihnachtsabend auf diese Weise verbringen. Und wenn diesmal wieder meine Schneckenburg fehlt, bekommt er Riesenärger. Wozu schreib ich denn einen Wunschzettel?«, hatte sie noch hinzugefügt. Daraufhin hatte meine Mutter den Studenten vor der Tür bezahlt und nie wieder etwas vom Weihnachtsmann verlauten lassen.

Ich hoffte also sehr, dass nicht wieder ein Weihnachtsstudent vor der Tür stand.

Ein Umschlag wurde unter der Tür durchgeschoben.

»Was mag das wohl sein?«, fragte meine Mutter und hob den Briefumschlag auf.

Ich stöhnte. Litt ich denn nicht schon genug?

Meine Mutter gab mir den Umschlag. »Sieh doch nur, er ist für dich!«

Für wen auch sonst? Einen Brief an den Kaiser von China hätte man wohl kaum unter meiner Zimmertür durchgeschoben. Ich nahm den Brief völlig desinteressiert und starrte darauf.

»Na mach ihn schon auf«, sagte meine Mutter aufgeregt.

»Ach, Mam, bitte, du weißt doch, was darin ist!«

Sie sah mich enttäuscht an. »Und willst du es denn nicht wissen?«

Ich glaubte es nicht. Selbst in meiner schwärzesten Stunde musste ich noch das Seelenleben meiner Mutter retten.

Ich öffnete den Umschlag. »Aha!«, sagte ich und legte die Karte zur Seite.

Meine Mutter nahm sie und las vor. »*Hiermit laden wir Josephine Sonntag zu unserem alljährlichen, ganz besonderen und einzigartigen Familienball ein. Wir würden uns sehr freuen, wenn sie uns die Ehre erweisen würde. Gezeichnet: das Festkomitee.*« Meine Mutter sah mich strahlend an. »Na?«

»Ach, Mam, mir ist echt nicht nach so was.«

Meine Mutter war in ihrem Element. »Dann warte mal, bis du das Ballkleid gesehen hast!«

Die Tür flog auf – prima, jetzt verzichtete man auch schon aufs Klopfen – und Oskar stand in meinem Zimmer. Er hielt ein Kleid vor sich und strahlte mich an.

»Wie findest du es?«, wollte er wissen.

Ich sah ihn erschöpft an. »Oskar, es tut mir leid, aber das Kleid ist viel zu klein für dich. Und ehrlich gesagt steht es dir auch nicht besonders.«

Meine Mutter war aufgesprungen und nahm Oskar das Kleid aus der Hand. »Es ist für dich!«, schmetterte sie. »Komm, Schatz, zieh es an! Ich hab es extra für dich genäht. Ich hab nämlich fest daran geglaubt, dass du noch eine Einladung für die Party bekommst«, fügte sie hinzu und präsentierte mir stolz das Kleid.

Ihre neue Gartenbegeisterung hatte sich – wie zu erwarten – in dem Entwurf meines Kleides niedergeschlagen. Es war ja ein ganz nettes Kleid, aber leider hatte meine Mutter Blüten und Früchte aufgenäht.

Ich weiß, sie hatte sich total viel Mühe gegeben und es war wirklich lieb gemeint, aber zum ersten Mal war ich richtig froh, dass ich nicht auf die Party gehen konnte. Denn in einem solchen Kleid aufzutauchen war ohne Zweifel noch viel uncooler, als überhaupt nicht eingeladen worden zu sein.

»Na komm schon, zieh es an.«

Ich schaute meine Mutter flehentlich an. »Bitte

nicht. Ich will wirklich nicht. Lass mich bitte einfach nur allein.«

Meine Mutter schaute betroffen. »Wir haben uns solche Mühe gegeben!«

Oskar zupfte meine Mutter am Ärmel. »Isolde. Lass Jojo einfach mal.« Dann wandte er sich an mich. »Wenn du es dir anders überlegst, Jojo, wir sind unten.« Dann schob er meine Mutter aus dem Zimmer.

Na prima, zwischen den beiden war also wieder alles in Ordnung. Offensichtlich hatte Oskar seinen Heiratsantrag zurückgezogen und meine Mutter hatte ihm großmütig verziehen. So einfach konnte das sein! Und was war mit mir und meinem Leben?!

Als die beiden draußen waren, warf ich mich auf mein Bett und brach in Tränen aus. Nichts und niemand würde mich je wieder aus meinem Zimmer herausbringen. Ich würde bis an mein Lebensende hier liegen, heulen und leiden!

Samstagabend, 8. Juni
fünf Minuten später

Ein furchtbarer Gedanke durchfuhr mich plötzlich und ich richtete mich schlagartig auf.

Was, wenn Serafina doch recht hatte und ich tatsächlich viel zu uncool war? Selbst Lucilla, meine beste Freundin, war inzwischen dieser Meinung. War ich wirklich ein solcher Versager? Ein Schandmal für die Zunft der Teenager? War es an der Zeit, meinem Herzen einen Stoß zu geben, mich zu überwinden und endlich anzuerkennen, dass Coolness wichtig war?

Und dann wäre da die bange Frage: Konnte ich überhaupt cool sein oder hatte mir die Natur genau das versagt?

Und wenn ja, aus welchem Grund?

Konnte ich es ändern? War es erlernbar? Oder war es etwa erblich?

In dem Moment klopfte es an meine Tür.

»Jojo? Bist du da drin?« Meine Mutter.

Alles klar: Es war erblich!!! Was für eine Frage, sie war doch gerade eben erst aus meinem Zimmer rausgegangen.

Sie steckte den Kopf in mein Zimmer. »Schatz, sag mir doch, was los ist!«

»Was los ist? Ich bin nicht cool. Das ist los. Deshalb hab ich keine Einladung bekommen.«

»Aber wie kommt das denn bloß?«

»Ach, das fragst du?! Ausgerechnet du? Wie soll ich denn cool sein, wenn ihr alle total uncool seid? So was lernt man zu Hause!«

Meine Mutter sah mich unsicher an. »Und wenn ich mal in meinen Gartenbüchern nachschaue?«

»Neeeiiin!«, schrie ich.

»Tut mir leid«, hauchte meine Mutter und schloss leise die Tür.

Gut meinende Eltern sind die absolute Pest! So was braucht kein Mensch. Warum können sie sich nicht einfach an die uralten Regeln halten? Sie verbieten etwas und man versucht, es trotzdem zu tun. Sie zeigen kein Verständnis, sondern beschränken sich auf Gemecker. Auf diese Art und Weise sind Eltern schon seit Jahrhunderten mit ihren Kindern klargekommen. Aber nein, meine Mutter muss verständnisvoll sein und alles dafür tun, um mich glücklich zu machen.

Sonntag, 9. Juni

Gestern Abend lag ich noch lange wach. Nachdem ich aufgehört hatte zu heulen, hatte ich einen Entschluss gefasst: Nie wieder würde ich nicht eingeladen werden, weil ich nicht cool war. Ich würde jetzt auch cool werden. Obercool. Meine mangelnde Coolness sollte keinen Keil zwischen mich und meine beste Freundin treiben. Ich würde das für unsere Freundschaft tun. Na ja und ein bisschen natürlich auch für mich selbst.

Ich würde Lucillas Angebot, Serafinas Coolness-Tipps an mich weiterzugeben, annehmen.

Die Schwierigkeit war zunächst, Lucilla abzupassen und eine Gelegenheit zu finden, mit ihr zu reden, ohne dass Lucilla und ich von Serafina gesehen wurden. Vielleicht würde Serafina ja keine Coolness-Tipps mehr an Lucilla weitergeben, wenn sie den Verdacht hatte, Lucilla könnte mir alles erzählen.

Ich rief Lucilla an. Das Telefon wurde ja wohl hoffentlich nicht überwacht.

»Lucilla, wir müssen uns treffen!«

»Ja, gerne, aber im Moment wird das schwierig. In einer Stunde treffe ich mich mit Serafina und der Gang zur Nachfeier im Bistro.«

Das waren jetzt ein paar Informationen zu viel für mich.

»Gang? Nachfeier? Bistro? Wovon redest du, Lucilla?«

Lucilla lachte. »Serafina nennt uns jetzt ihre Gang. Eisdiele ist out, Bistro ist angesagt. Und bei einer Nachfeier bespricht man das Ereignis des Vortages in allen Details.«

»Aha.«

»Und wir haben da unheimlich viel zu besprechen. Wegen der Auswahl, du weißt schon. Ach, entschuldige, nein, das kannst du ja nicht wissen. Du warst ja nicht da. Also, fünf Mädchen sind gewählt worden. Und rate mal, wer dabei ist!«

Eigentlich war mir das ziemlich egal, ich wollte mit Lucilla über meinen neuen Plan reden. Aber wie ich Lucilla kannte, musste ich mich nach ihrem Tempo richten. Etwas anderes würde sie jetzt sowieso nicht wahrnehmen. Also spielte ich ihr Ratespiel mit.

»Serafina.«

»Sicher, aber das war ja klar. Rate, wer noch!«

Oh, ich hasste es, wenn Lucilla mich raten ließ. Meine Laune wurde merklich schlechter. »Serafinas Gefolgshühner!«

»Jaaa! Ist das nicht großartig! Es war echt traumhaft«, schwärmte sie. »Die Teilnehmerinnen am Wettkampf wurden am Anfang aufgerufen und mussten auf die Bühne kommen. Das war vielleicht aufregend. Und dann wurden die Gewinnerinnen ausgewählt. Wir sind alle dabei!«

»Wir?«

»Ich auch!!! Ich bin doch jetzt auch eins von Serafinas Hühnern, äh, Freundinnen. Ich gehöre dazu!«

»Oh.«

»Ist das nicht wundervoll?«

»Es gab also fünf *Haarscharf*-Girls?«

»Ach, Jojo, nein, fünf mögliche *Haarscharf*-Girls. Es gibt noch ein Finale, wo wir alle gegeneinander antreten müssen. Das wird wieder mit einer Party gefeiert. Hoffentlich bist du dann nicht wieder krank.«

Schweigen.

»Die endgültige Gewinnerin wird auf Plakaten überall in der Stadt zu sehen sein. Also Serafina.«

»Wieso steht Serafina denn jetzt schon fest?«

»Sie ist die Coolste. Um Längen cooler als wir alle. Und außerdem hat sie uns verboten, auf die Endausscheidungsparty zu gehen.«

Ich verkniff mir eine Bemerkung, verdrehte aber die Augen. Das war wieder typisch Serafina. Es gab wirklich nichts, wo sie ihre Finger nicht drinhatte. Aber es hatte vermutlich wenig Sinn, mit Lucilla darüber zu reden. Also kam ich lieber auf meinen neuen Plan zu sprechen. Die Zeit war schließlich knapp.

»Und was ist, wenn ich jetzt schnell bei dir vorbeikomme und dich dann bis zum Bistro begleite?« Bevor Lucilla noch etwas sagen konnte, fügte ich hinzu: »Natürlich nicht bis direkt dorthin. Nur so weit, wie man uns nicht zusammen sieht.«

Lucilla schwieg, sie schien zu überlegen. »Ja, das müsste gehen. Komm vorbei. Aber sei vorsichtig, Jojo.«

Ich ging zu Lucilla nach Hause. Auf dem Weg versuchte ich das äußerst unwürdige Gefühl zu verdrängen, dass ich um dieses Treffen geradezu gebettelt hatte. Lucilla könnte wirklich mal ein bisschen feinfühliger werden. Manchmal stellte sie selbst die sprichwörtliche Axt im Walde noch in den Schatten. Aber gut. Für Freundschaften musste man eben Opfer bringen.

Sicherheitshalber versteckte ich mich sogar hinter der Hecke an ihrem Haus, was mein Selbstwertgefühl auch nicht gerade vor Freude auf- und niederspringen ließ. Ich beschloss, dass ich damit für heute genug Opfer für diese Freundschaft gebracht hatte. Jetzt war Lucilla dran.

Fast hätte ich Lucilla nicht erkannt, als sie aus dem Haus kam, denn sie hatte eine äußerst merkwürdige Hochfrisur, die sehr an Unkraut erinnerte. Wahrscheinlich war das gerade angesagt. Ich seufzte, womöglich würde ich auch bald mit so einer Distelanpflanzung auf meinem Kopf rumlaufen müssen. Es sah einfach schrecklich aus.

Als sie vorbeikam, machte ich mich bemerkbar. »Pst, hey, Lucilla.«

Lucilla sah sich verwundert um, schüttelte dann den Kopf und wollte weitergehen.

»Hey, hier hinter der Hecke.« Ich steckte den Kopf hervor und winkte sie zu mir.

»Na, kein Wunder, dass du krank wirst, wenn du hinter Hecken rumlungerst.«

»Wieso krank?« Ach ja, richtig, ich war ja krank. »Ist aber schon wieder okay.« Sicherheitshalber hustete ich ein wenig.

Lucilla machte einen Schritt zurück.

»Weißt du … « Ich druckste ein wenig herum. »Ich meine, wir sind doch Freundinnen und wenn es dich glücklich macht, wenn ich mit dir zusammen Cool-sein übe, dann mach ich das gerne.«

Lucilla fiel mir um den Hals. »Das ist großartig, Jojo! Du wirst sehen, in null Komma nix bist du auch cool!« Nun war Lucilla in ihrem Element. »Ich werde dir alle Tricks beibringen, die ich von Serafina lerne. Sie ist schon genial. Du hättest gestern Abend das Mädchen sehen sollen, das sie für Sven ausgesucht hat. Sven und Susanne sahen so cool zusammen aus«, erzählte sie munter weiter.

Ich nickte lächelnd, dann drangen Lucillas Worte langsam zu meinem Hirn durch. »Das Mädchen, das Serafina für Sven ausgesucht hat? Was willst du denn damit sagen?«, fragte ich erschrocken.

»Na, sie haben einfach perfekt zueinander ge-passt«, plapperte Lucilla drauflos.

»Stopp! Sie haben perfekt zueinandergepasst?«
Ich konnte es nicht glauben.

Was erzählte Lucilla denn da für einen Blödsinn?
Meine beste Freundin erklärte mir, wie süß mein
Freund mit einer anderen ausgesehen hatte?

Jetzt schrie ich fast. »Sven ist mit mir zusammen!
Er braucht niemanden, der perfekt zu ihm passt!«

Lucilla stutzte und sah mich leicht irritiert an.
»Was hast du denn?«

Jetzt reichte es mir. Genug der Opferbereitschaft.
»Du spinnst ja wohl völlig!«, rief ich. »Statt ständig
nur um Serafina rumzuscharwenzeln und ihr nach
dem Mund zu reden, hättest du handeln müssen. Ich
dachte, du bist meine Freundin!«

»Aber Jojo, ich bin deine Freundin. Das weißt du
doch.«

»Ach ja? Weißt du, was eine richtige Freundin getan hätte? Sie hätte dafür gesorgt, dass der Freund
ihrer Freundin nicht mit einem anderen Mädchen
so supercool und süß ausgesehen hätte! Das hätte
eine *richtige* Freundin getan!«

»Aber Serafina …«, begann Lucilla.

Ich fiel ihr ins Wort. »Serafina, Serafina! Du musst
dich langsam mal entscheiden. Serafina oder ich!«

Lucilla sah an mir vorbei und zuckte plötzlich zusammen.

»Also? Was ist jetzt?«, fragte ich ärgerlich. »Ich
warte auf deine Antwort. Du kannst nicht mit uns
beiden befreundet sein!«

Lucilla zwinkerte wild mit ihren Augen. Wahrscheinlich wieder eine die Coolness verbessernde Augengymnastik.

»Na, gibt's Probleme?«, fragte plötzlich Serafinas Stimme neben mir.

Ich drehte mich um. Serafina hatte mir gerade noch gefehlt. »Halt dich am besten da raus. Dir hat doch eh zu viel Haarspray das Hirn vernebelt!«, fauchte ich sie an.

Jetzt funkelte Serafina mich an. »An deiner Stelle wäre ich mal lieber ruhig. Du warst ja noch nicht mal cool genug, um eine Einladung zu bekommen!«

Ich wurde blass.

»Aber nein, Jojo war doch krank!«, rief Lucilla.

Okay, Lucilla verteidigte mich, das war ein gutes Zeichen.

Serafina lachte laut auf. »Ach, richtig, das erzählt sie überall herum. Und dir hat sie das auch erzählt. Sie ist ja 'ne nette Freundin, wenn sie dich anlügt! Jojo hat keine Einladung bekommen. Das ist der Grund, weshalb sie nicht da war.«

Lucilla schaute mich ungläubig an. »Stimmt das?«

Ich zuckte die Schultern. »Na ja, kommt drauf an, wie man es sieht.«

Lucilla schaute zwischen Serafina und mir hin und her. Ich sah betreten auf den Boden. Das war jetzt irgendwie doof, dass gerade im entscheidenden Moment, wo sich Lucilla für mich und gegen Serafina entscheiden sollte, diese Sache mit meiner kleinen Lüge aufflog.

»Wieso hast du mich denn angelogen, Jojo?«, fragte Lucilla.

Serafina hakte Lucilla unter und zog sie zu sich. »Nun komm schon, Lucilla. Vergiss Jojo, die sagt dir ja doch nicht die Wahrheit.«

»Ach, aber du, was?«, fauchte ich Serafina an. »Du redest Lucilla ein, sie wäre cool. Das stimmt doch gar nicht! Du machst dich nur lustig über sie! Lucilla ist nicht cool!«

Serafina schaute Lucilla an, deutete auf mich und sagte: »Und dieses Mädchen behauptet, deine beste Freundin zu sein?«

Lucilla schaute mich ziemlich entsetzt an. Hatte ich irgendetwas falsch formuliert?

»Du weißt doch, was ich meine, Lucilla«, versuchte ich ihr Verständnis zu erheischen.

Lucilla schüttelte den Kopf. »Nein, ich weiß es, ehrlich gesagt, nicht.«

Serafina lächelte mich bösartig an, dann wandte sie sich an Lucilla. »Schätzchen, ich erklär dir das: Jojo ist eifersüchtig, weil du jetzt zu uns gehörst. Deshalb lügt sie dich an und redet schlecht über dich.«

Ich bebte vor Wut, ich war kurz vorm Explodieren.

Was würde Gandhi an meiner Stelle tun? Aus irgendwelchen Gründen fiel mir der gewaltlose Widerständler aus dem Geschichtsunterricht wieder ein, der mit unendlicher Geduld alles und jeden besiegt hatte. Na ja, oder so ähnlich. Unser Lehrer hatte gemeint, wir sollten uns Gandhi zum Vorbild nehmen und seine Philosophie im Alltag anwenden.

Das war doch jetzt eine gute Gelegenheit, es auszuprobieren.

Ich atmete also tief durch und entschied, Lucilla ganz freundlich zu erklären, was hier eigentlich ablief.

»Weißt du, Lucilla, du bist schlau wie 'n Pfund Mayonnaise! Du rennst hinter Serafina her wie ein dressierter Affe. Wenn sie dir demnächst sagt, du sollst einen Leguan auf dem Kopf herumtragen, dann tust du das wohl auch noch! Du machst dich total lächerlich. Und du glaubst doch wohl nicht im Ernst, dass Serafina dich wirklich toll findet! Sie duldet dich in ihrer Gegenwart und das wahrscheinlich auch nur, weil sie irgendwas Mieses vorhat. Sie und ihre Hühner lachen sich hinter deinem Rücken unter Garantie halb tot über dich.«

Erstaunlicherweise brachte das nicht die große Wende. Lucilla machte nicht gerade ein Gesicht, als hätte sie verstanden, dass ich es gut mit ihr meinte und dass ich sie nicht als Freundin verlieren wollte. Es sah sogar so aus, als ob sie irre sauer auf mich wäre.

»Ich hätte nie gedacht, dass du so gemein sein könntest, Jojo!«, sagte sie.

Ja, Lucilla war sauer.

Sie drehte sich zu Serafina um und meinte: »Lass uns gehen!«

Und dann stapfte sie tatsächlich mit Serafina davon. Ließ mich einfach stehen!

So, nun war ich wütend. Danke, Gandhi, das war ja wohl nichts.

Ich sah den beiden hinterher. Ich konnte nicht fassen, dass Lucilla einfach so mit Serafina davonzog. Besonders nach allem, was ich ihr gesagt hatte!

Ich hatte genug. Nie wieder würde ich ein Wort mit Lucilla reden.

»Eure Frisuren brauchen dringend etwas Unkrautvertilger!«, rief ich Lucilla und Serafina noch hinterher.

Gut, aber ab jetzt würde ich nie wieder ein Wort mit ihnen reden.

Ja, genau: Ab heute würde ich Lucilla aus dem Weg gehen, ja, ich würde ihren Namen nicht einmal mehr kennen. Und vermissen würde ich sie schon gar nicht. Wer brauchte Lucilla?

Ich nicht. Im Gegenteil, war sogar gut, dass ich nichts mehr mit ihr unternehmen musste! Wunderbar, das würde mir eine Menge Zeit sparen. Dieses ständige Rumgehänge in Eisdielen, Einkaufscentern und Pizzerien musste jetzt nicht mehr sein.

Ab heute hatte ich richtig viel Zeit für die wichtigen Dinge! Dinge wie … na gut, da würde mir schon noch etwas einfallen.

Ich lehnte mich erschöpft an eine Laterne. Das war alles so verwirrend. Wie war das bloß passiert? Wieso hatte ich mit Lucilla Streit bekommen?

Ach ja, wegen diesem Mädchen, das angeblich so perfekt zu Sven passte. Hey, Moment mal! Ich setzte mich sofort in Bewegung, ich musste auf der Stelle zu Sven!

nach wie vor Sonntag, 9. Juni

Ich klingelte Sturm. Zu spät fiel mir ein, dass Svens Mutter mich nicht leiden kann und ich mir damit weitere Minuspunkte einhandeln würde.

Natürlich öffnete Svens Mutter. Genau genommen öffnete sie nicht nur, sondern riss die Tür panisch auf.

»Was ist passiert?«, fragte sie. Dann fiel ihr Blick auf mich und sie bekam einen leidenden Gesichtsausdruck.

»Ist Sven da?«, fragte ich.

Sie fixierte mich.

Ich überlegte. Musste ich »bitte« sagen? Mich vorstellen? Nein, wahrscheinlich hätte ein einfaches »Guten Tag« gereicht. Bei jedem anderen passierte mir so was nicht, immer nur bei Svens Mutter.

»Guten Tag auch«, fügte ich noch hinzu. Zu spät. Vermutlich einige Jahre zu spät. »Das ist ein Notfall«, versuchte ich mein Sturmläuten im Nachhinein zu erklären.

Sie schaute mich streng an, plötzlich grinste sie. »Ein Notfall? Ist der russische Volkschor ohne dich weitergezogen?«

Ich schnappte nach Luft. Na toll. Sie also auch!

»Sven ist in seinem Zimmer. Du weißt ja leider, wo es ist«, meinte sie resigniert und trat von der Haustür weg, um mir den Weg freizugeben.

Ich war etwas verwundert – Sven in seinem Zimmer? Eigentlich hielt sie ihren Sohn doch damit auf

Trab, dass er ständig im Haus oder im Garten arbeiten musste.

»Ist er krank?«, erkundigte ich mich.

»Nein, er muss seine Socken sortieren.«

Ich grinste und war beruhigt. »Wie denn?«, fragte ich. »Nach Farben oder nach Jahreszeiten?«

Svens Mutter blickte leidend. »Geh einfach hoch, okay?«

Ich zuckte die Schultern. Wenn sie nicht plaudern wollte, meinetwegen. Aber mir sollte keiner vorwerfen, ich würde mich nicht darum bemühen, ein nettes Verhältnis zu ihr aufzubauen.

Sven lag quer auf seinem Bett und las Comics. Als er mich sah, strahlte er, stand auf und begrüßte mich mit einem Kuss.

»Aha!«, rief ich. »Du hast ein schlechtes Gewissen!«

Sven sah mich verwirrt an. »Ja, aber eigentlich nur meiner Mutter gegenüber. Ich sollte nämlich aufräumen oder irgendwas sortieren, ich weiß aber nicht mehr, was.«

»Lenk nicht ab. So einfach kann ich dich von deinem schlechten Gewissen nicht erlösen!«

»Fürs Erste würde es mir auch reichen, wenn du mich von meiner völligen Ahnungslosigkeit erlösen würdest«, sagte Sven. Dann legte er mir fürsorglich die Hand auf die Stirn. »Wahrscheinlich bist du immer noch krank, was?«

Ich schob seine Hand von meiner Stirn. »Also, was ist gestern passiert?«, fragte ich streng.

»Jojo, was ist los? Worum geht es?«

»Es geht darum, dass du dich gestern so wunderbar amüsiert hast.«

Sven legte die Stirn in Falten. »Ja?«

»Wie konntest du!«

»Was? Mich amüsieren? Was hätte ich sonst tun sollen?«

»Na, du hättest dich ja mit Justus unterhalten können.«

»Oh, glaub mir, das hab ich getan. Justus hat die meiste Zeit mit mir verbracht. Serafina war derart überdreht, Justus hat es nicht an ihrem Tisch ausgehalten. Und Lucilla hat sie ja, wie du weißt, inzwischen dermaßen infiziert, die ist ebenfalls kaum noch zu ertragen. Justus hat auch immer mehr seine Probleme mit ihr.«

»Aber du hast doch nicht nur mit Justus geredet?«

»Natürlich nicht, ich hab auch getanzt.« Er grinste. »Ich stand gestern Abend ziemlich hoch im Kurs.«

Aha, nun kamen wir der Wahrheit langsam näher.

Sven grinste noch breiter. »Genau genommen war es wirklich lustig! Dieses Kind kommt echt auf die verrücktesten Ideen.«

Ich sah ihn völlig entgeistert an. Es war eine Sache, dass er sich amüsierte, während ich zu Hause litt ohne Ende, aber musste er mir auch noch davon vorschwärmen?

»Dann kannst du ja in Zukunft deine Zeit mit ihr verbringen«, meinte ich schnippisch.

Sven lachte. »Nee, so verrückt nach Schnecken bin ich nun doch nicht.«

»Schnecken?«

Sven schaute mich auf einmal forschend an. »Jojo, wovon redest du eigentlich?«

»Von Susanne.«

»Wer ist Susanne?«

»Susanne! Mit der du so cool zusammen ausgesehen hast!«

Sven lächelte. »Hab ich? Woher willst du das denn wissen, ich denke, du warst nicht da?«

Ich seufzte. »Lucilla hat mir von euch beiden als total coolem Paar vorgeschwärmt.«

»Lucilla!«

Ich zuckte die Schultern. Gut, Lucilla war wohl nicht gerade die zuverlässigste Quelle.

Etwas kleinlauter fügte ich hinzu: »Na ja, aber auch Serafina hat gesagt, ihr wärt das perfekte Paar, du würdest richtig cool mit dieser Susanne aussehen!«

Sven kratzte sich hinterm Ohr. »Wer war bloß Susanne?«

Ich sah ihn tadelnd an.

»Und seit wann gibst du was drauf, was Serafina sagt?«, meinte Sven.

»Ist doch egal. Erzähl mir, was los war.«

»Flippi war los! Sie war unbezahlbar. Jedes Mal, wenn ich mit einem Mädchen getanzt habe, hatte meine Tanzpartnerin merkwürdigerweise ganz plötzlich eine Schnecke auf ihrer Schulter.« Sven lachte. »Flippi hat echt keine Hemmungen. Sie ist einmalig.«

Ich lächelte. Meine Schwester Flippi, sieh mal an.

»Also, dann hast du gar kein Interesse an Susanne?«, fragte ich leise.

Sven nahm mich in den Arm. »Jojo, ich weiß nicht mal, wer diese Susanne überhaupt war. Und außerdem, du weißt doch: Ich bin chaossüchtig. Mit ganz normalen Mädchen könnte ich gar nichts anfangen.«

»Auch wenn sie total cool sind und super aussehen?«

»Besonders dann nicht.« Sven lachte und küsste mich. Er konnte mich gut überzeugen.

»Großes Ehrenwort?«, fragte ich nach dem Kuss streng. Ganz so leicht wollte ich es ihm dann doch nicht machen.

Sven hob die Hand zum Schwur. »Ich schwöre bei allen Chaostheorien und Konfusionsregeln.«

Ich sah ihn an.

»Und wenn du mir nicht glaubst, frag einfach Flippi. Schade, dass deine Mutter sie so früh abgeholt hat. Aber das hat ihr wahrscheinlich einen Rauswurf erspart.« Dann grinste er mich an. »Und ich hab gestern also richtig cool ausgesehen?«

»Das lag bestimmt nur an dieser Susanne, mach dir also keine Hoffnungen!«

»Wenn ich mit 'nem coolen Mädchen besser aussehe, solltest du vielleicht doch etwas an deiner Coolness arbeiten!«, schlug Sven grinsend vor.

Ich schluckte kurz. »Ich bin bereits dabei!«

Dann drehte ich mich um und stapfte aus seinem Zimmer. Allerdings kam ich noch mal kurz zurück, um ihm einen Kuss zu geben.

»Das war ein Kuss auf Bewährung«, teilte ich ihm mit.

»Gehen wir morgen Nachmittag ins Kino?«, rief er mir hinterher.

»Nur wenn ein richtig cooler Film läuft.«

immer noch Sonntag, 9. Juni

Zum Mittagessen kam ich natürlich zu spät, aber das war womöglich bereits ein erstes Zeichen, dass ich auf dem besten Wege war, cool zu werden.

Flippi erschien zum Mittagessen im Schlafanzug.

»Ich hab heute gekocht, Gemüsesuppe«, sagte meine Mutter stolz. »Es waren zwar erst Rosmarin, ein Salatkopf und ein paar Schnittlauchstängel so weit, aber das fällt ja wohl alles unter Gemüse.«

Flippi verzog leidend das Gesicht, gähnte ausgiebig, angelte sich eine Banane und ließ sich auf ihren Stuhl fallen. »Mann, war das eine rauschende Party«, sagte sie.

Meine Mutter warf ihr einen warnenden Blick zu.

Flippi beeindruckte das nicht im Mindesten. Sie setzte sich mir gegenüber. »Möchtest du was hören?«, fragte sie, während sie lässig die Banane schälte.

»Iss nicht vor dem Essen«, mahnte meine Mutter Flippi.

»Ich esse nicht«, widersprach Flippi und biss in die Banane.

Oskar sagte leise zu meiner Mutter: »Wenigstens nimmt sie was Gesundes zu sich.«

Nachdem Flippi ihre Banane verspeist hatte, stand sie auf, um in ihr Zimmer zu gehen.

»Wir essen jetzt!«, zischte meine Mutter.

»Hab keinen Hunger mehr«, meinte Flippi und verließ die Küche.

Meine Mutter wollte aufspringen, aber Oskar hielt sie zurück. Dann sah er mich an und bat: »Bitte hol das Kind wieder runter zum Essen. Deine Mutter hat sich wirklich Mühe gegeben.«

Ich ging in Flippis Zimmer. Sie saß auf dem Boden und hatte sich ganz ihren Schnecken gewidmet.

»Los«, forderte ich sie auf, »jetzt erzähl Einzelheiten von gestern.«

Flippi überlegte. »Gestern, warte mal, tja, also, Chloe hat die Einzelprüfung im Wegschleimen bestanden und Gregor ...«

»Ich meine die Party! Was war mit Sven und diesem Mädchen?«

»Ach das meinst du«, grinste Flippi. »Richtig, da war ein Mädchen bei Sven.«

»Flippi, bitte!«

Sie machte ein erstaunlich großzügiges Angebot. »Zwei Euro und ich erzähl dir alles.«

Ich nickte.

»Da war nichts«, sagte sie ganz trocken und wandte sich wieder ihren Schnecken zu.

»Wie?«

»Na eben nichts.«

»Und dafür zahl ich zwei Euro?«

»Noch hast du sie ja nicht bezahlt.«

Ich kramte in meiner Tasche nach einem Zweieurostück und gab es ihr.

Flippi holte tief Luft. »Also, da waren sogar mehrere Mädchen, die mit Sven getanzt und sich angeschleimt haben. Ich wusste gar nicht, dass er so viele Chancen hat. Kann aber auch sein, dass Serafina die Mädels auf ihn angesetzt hat. Die gehörten alle zu Serafinas Hühnerstall und haben den armen Sven ganz schön umgackert.«

»Und was war mit Sven?«

»Sven ist echt in Ordnung.« Flippi machte ein Daumen-hoch-Zeichen. »Vielleicht lass ich ihn ins Schneckenbusiness mit einsteigen«, überlegte sie.

»Flippi! Du weißt genau, was ich meine! Hat er lange mit ihnen gesprochen, war er nett zu ihnen, vielleicht *zu nett*?«

»Er hat ein paarmal getanzt, aber das war's auch.«

»Wirklich?«

Flippi nickte, dann grinste sie. »Außerdem hat keine ein zweites Mal mit ihm getanzt. Svens Tanzpartnerinnen hatten immer gleich 'ne Schnecke auf ihrer Schulter. Die Partyschnecken-Züchtung war ein voller Erfolg. Nur eine von den Hühnern war besonders lästig, die kam immer wieder und ließ Sven nicht in Ruhe. Erst als ich ihr 'ne Schnecke in den Ausschnitt gesetzt hatte, gab sie auf.«

»Flippi, das ist so süß von dir!«

»Waas?«

»Ich meine, cool, nett, okay von dir, dass du …«

»Ach, papperlapapp!«

»Danke, Flippi.«

»Dank nicht mir. Dank Mata Hari!« Sie hielt mir eine Schnecke hin.

»Was?«

»Du musst dich bei ihr bedanken. Sie war es, die ihr Leben aufs Spiel gesetzt hat.«

»Oh.« Ich sollte mich bei einer Schnecke bedanken? Ein Blick in Flippis Augen sagte mir, dass ich es besser tun sollte. »Okay, dann … äh … danke, Mata Hari.«

»Küss ihr Haus!«

»Bitte? Jetzt spinnst du ja wohl völlig! Ich küsse doch keine Schnecke!«

Flippi zuckte die Schultern. »Bitte, wie du willst. Aber es passieren die merkwürdigsten Sachen, wenn man sich nicht bei Schnecken für ihre Hilfe bedankt.«

Was tat ich also? Ich küsste ein Schneckenhaus!

»Wehe, du erzählst das jemandem!«, fauchte ich Flippi drohend an.

Sie grinste. »Für zwei weitere Euro schweige ich wie ein Grab.«

Ich stand auf und wollte gerade gehen, da fiel mir was ein: »Du sollst zum Essen runterkommen.«

Flippi verzog das Gesicht. »Sag, ich hätte mir den

Magen verdorben, die Banane wäre wohl schlecht gewesen.«

»Damit kommst du nie durch!«

»Wart's ab.«

Natürlich hatte Flippi recht. Sie kam ja immer mit allem durch. Meine Mutter machte ihr einen Magen-Beruhigungstee und das war alles. Ich hingegen musste das selbst gekochte Sonntagsessen meiner Mutter durchleiden. Aber Oskar war auf meiner Seite. Als meine Mutter Flippi den Tee hochbrachte, schlich sich Oskar schnell zur Tür und hielt Wache. Ich nahm unsere Teller und leerte den Inhalt wieder in den Topf zurück. Dann stellte ich die Teller auf den Tisch zurück. Wir waren ein eingespieltes Team.

»Achtung, sie kommt«, flüsterte Oskar und wir sprangen schnell auf unsere Plätze. Oskar grinste mir zu, sah auf den Tisch und zuckte zusammen. »Du hast den Teller deiner Mutter auch ausgeleert«, flüsterte er verzweifelt.

Ich sah auf den Platz meiner Mutter. Murks, das stimmte. Bevor ich etwas tun konnte, kam meine Mutter in die Küche zurück.

Sie setzte sich hin und schüttelte den Kopf. »Wie kann man sich an einer Banane den Magen verderben?« Dann sah sie auf ihren Teller und stutzte. »War ich schon fertig?«

Oskar und ich sagten nichts. Schließlich war es auch zu ihrem Vorteil, wenn sie nicht so viel von ihrer Suppe aß.

Sie versuchte sich zu erinnern, schüttelte dann

aber erneut den Kopf und fing an den Tisch abzuräumen. Dabei drehte sie sich noch mal um. »Oder wollte noch jemand was?«

Oskar und ich beeilten uns, dankend abzulehnen. Wir flüchteten aus der Küche.

»Ab heute werde ich übrigens cool sein, Oskar. Ich sag das nur, damit du dich nicht wunderst!«

»Ist recht.«

»Ihr könntet vielleicht auch ein bisschen an euch arbeiten.«

Oskar nickte. »Ich werde mit deiner Mutter darüber reden.«

Montag, 10. Juni

Heute begann mein neues cooles Leben. Und Lucilla brauchte ich dazu überhaupt nicht. Ich konnte auch ganz allein cool werden. So eine große Sache war das ja schließlich auch wieder nicht. Das konnte doch jeder!

Ich hatte einen Film gefunden, der zurzeit »in« war, den würde ich mir mit Sven anschauen.

Auf dem Weg zum Kino überlegte ich. Was genau musste man machen, um cool zu sein? Wodurch wurde Serafina eigentlich zur Coolness-Königin? Sie war unfair, beleidigend, gemein, angeberisch und jeder fürchtete sich vor ihr.

Na, das könnte ich doch gleich mal ausprobieren.

Auf der anderen Straßenseite lief Sarah. Sie war zwei Klassen unter mir, hatte eine dicke Brille und wurde deshalb immer wieder von Serafina und den Hühnern verspottet.

Also eigentlich eine gute Gelegenheit zu üben.

»He, Eulenauge, mal wieder null Durchblick?«, rief ich ihr zu.

Sie sah mich entsetzt an und brach in Tränen aus. Au Mist, das wollte ich nun wirklich nicht!

Ich lief sofort zu ihr. »Hey, das hab ich nicht so gemeint. Ehrlich! Bitte hör auf zu weinen.« Ich legte meinen Arm um sie und versuchte sie zu trösten. Ich war aber auch ein Idiot! »Tut mir leid, ich übe doch nur. Weil ich cool sein will.«

Sie wischte ihre Triefnase geräuschvoll an ihrem Ärmel ab und sah mich erstaunt an. »Du willst cool sein? Du bist doch der peinliche Fan dieser russischen Volkstruppe.«

Na toll. Zeitung lesen konnte man mit der Brille wohl sehr gut.

»Das war alles ganz anders«, versuchte ich zu erklären. »Ich hab gar nicht gehört, wie sie gesungen haben.«

Sie sah mich an. »Du hast ein Problem mit deinen Ohren? Du Arme! Soll ich lauter reden, damit du mich verstehst?«, brüllte sie mitleidig.

Bevor ich das erklären konnte, kamen zwei von Serafinas Hühnern vorbei.

»Jojo hat ja wirklich merkwürdige Freunde«, lästerte die eine.

101

»Ja, erst der russische Volkschor und dann Eulenauge«, kicherte die andere.

Eulenauge schluchzte in meinem Arm wieder auf
und ich klopfte ihr beruhigend auf die Schulter.

»Lasst sie in Ruhe, ihr seid gemein!«, rief ich den
beiden zu. Wir Versehrte mussten schließlich zusam-
menhalten.

Die beiden lachten und gingen weiter.

Es gelang mir, Sarah einigermaßen zu trösten.

»Ich bin auf dem Weg zum Kino, willst du mitkommen?«, schlug ich freundlich vor.

»Ach, weißt du«, druckste Sarah etwas herum, »ehrlich gesagt würde ich lieber allein gehen. Es schadet
meinem Ruf, wenn ich mit dir gesehen werde.«

Also, da brat mir doch einer einen Storch! Wo
gibt's denn so was?

Den Rest des Weges verbrachte ich damit, inner-
lich meiner Mutter die bittersten Vorwürfe zu machen. Wieso hatte sie mich nie darauf aufmerksam
gemacht, wie uncool ich war? Ich meine, wenn selbst
Eulenauge nicht mit mir gesehen werden wollte! Au
Backe, es war höchste Zeit, dass ich in die Puschen
kam. In die coolen Puschen natürlich.

Wenn ich Sven traf, würde ich gleich ein wenig
üben.

Als ich Sven vorm Kino stehen sah, hob ich lässig
die Hand. Er wollte mir einen Kuss geben, ich hielt
ihm müde meine Wange hin und lächelte schwach.
Ich fand das ziemlich cool. Sven war etwas verwirrt.

»Ich hab dir bunten Puffreis mitgebracht, davon

kriegst du doch immer gute Laune«, grinste er mich an.

»Hey, klasse. Super!«, strahlte ich. Dann fiel mir meine neue Rolle ein und ich nahm sofort eine lässige Haltung ein. »Äh, ich meine, ist ja ganz nett von dir, aber wer isst denn noch Puffreis?«

Sven sah mich erstaunt an. Ich schlurfte lässig hinter ihm ins Kino.

Sven drehte sich zu mir um und erkundigte sich irritiert: »Bist du sicher, dass es dir schon wieder gut geht? Kein Fieber mehr oder so?«

»Na logo«, sagte ich. »Fieber ist doch so was von uncool.«

Sven sah mich mit hochgezogenen Augenbrauen an. »Okay, wenn ich das nächste Mal Fieber bekommen sollte, werd ich es mit dem Spruch versuchen. Vielleicht hilft das ja besser als Tabletten.«

Ich beschloss, Svens Äußerung jetzt nicht auf seinen Coolheitsfaktor zu untersuchen.

Ich hatte mich für *Intrigen auf dem Laufsteg* entschieden, der Film war angesagt. Das wusste ich genau.

»Du willst wirklich diesen Model-Blödsinn sehen?«, fragte mich Sven verwundert.

»Schätzchen, so was sieht man jetzt«, sagte ich. Das »Schätzchen« hatte ich von Serafina. Sie sagte es zu allem und jedem.

»Okay, Schnuckelhase. Dann wünsch ich uns doch mal viel Spaß in dem Film«, sagte Sven leicht spöttisch und kaufte die Karten.

Wahrscheinlich musste ich ihm auch noch einen Coolheits-Lehrgang verpassen. Aber das hatte Zeit.

Sven fragte mich, ob es in Ordnung wäre, wenn wir während des Films eine Cola trinken und Popcorn essen würden, und ich nickte nach kurzer Überlegung.

»Hast du dieses supercoole Auto gesehen?«, fragte ich Sven, als der Film angefangen hatte. »Wow, also ehrlich! So was fahr ich später auch.«

Sven sah mich erstaunt an.

»Und die Frisur ist auch nicht übel. Ganz schön cool, dieser Style.«

Sven sagte immer noch nichts.

»Und dieses Kleid ist total cool. Wäre doch cool, wenn ich mit so was am Montag in die Schule gehen würde, was?«

Jemand tippte mir auf die Schulter. »Weißt du, was auch völlig cool wäre? Wenn du einfach mal die Klappe halten würdest. Ich will nämlich den Film sehen.« Damit stand der Typ auf und setzte sich ans andere Ende des Kinosaals.

Ich sah mich um, im näheren Umkreis waren alle Plätze frei.

Sven drehte sich zu mir. »Okay, Jojo, nachdem du uns jetzt ganz viel Beinfreiheit verschafft hast und ich wieder eine Menge über coole Sachen gelernt habe, vergiss das alles doch mal für einen Moment und sag mir, ob dir der Film wirklich gefällt?«

Ich schüttelte stumm den Kopf. Ich war wohl doch nicht für coole Dinge geschaffen.

»Okay, dann lass uns einfach gehen, und später versuchen wir herauszukriegen, wer die echte Jojo gekidnappt und wer neben mir im Kino gesessen hat.«

Ich seufzte und wir schlichen aus dem Kino.

Montagabend, 10. Juni

Bei einer Cola in der uncoolen Eisdiele – ich hatte zwar das Bistro vorgeschlagen, aber Sven hatte wohl auch schon davon gehört, dass es gerade »in« war, und sich geweigert, dort hinzugehen – entspannte ich mich langsam.

»Jojo, ich finde dich cool!«, begann Sven.

Ich schüttelte mitleidig den Kopf. »Dann bist du erstens der Einzige und zweitens so was von uncool!«

Sven lachte. »Okay, dann erkläre ich jetzt sofort ›uncool‹ für ›cool‹.«

»Ach, Sven, sei nicht albern, so funktioniert das nicht.«

»Sondern?«

Ich zog ein ärgerliches Gesicht. »Du weißt ja gar nicht, wie das ist, wenn alle dich uncool finden!«

»Nö, weiß ich wirklich nicht, weil es mir egal ist, wie mich andere finden.«

Ich rückte von ihm ab. »Du bist nicht normal, Sven. Jeder will cool sein!«

Jetzt wurde Sven etwas ungeduldig. »Was redest du

da für einen Blödsinn, Jojo? Bisher wolltest du doch auch nicht cool sein, oder? Schau dir die Leute an, die du für cool hältst, und wenn du glaubst, du fühlst dich bei denen wohler, dann viel Spaß mit denen.«

»Na, ich wollte eigentlich mit dir *gemeinsam* cool werden«, sagte ich etwas kleinlaut.

Sven lächelte. »Jetzt sind wir wieder beim Anfang angelangt: Jojo, ich finde dich bereits cool.«

»Ich bin aber gar nicht cool.«

»Du bist vielleicht nicht ›Serafina-cool‹, aber Jojo-mäßig bist du obercool.«

Ich seufzte, nun fiel mir mein eigentliches Problem wieder ein. »Tja, und Jojo-cool war eben nicht mehr genug für Lucilla. Wie ein Hündchen trippelt sie hinter Serafina her. Es ist echt schlimm, Sven. Was soll ich nur tun?«

»Nix. Ist doch ihre Sache.«

»Ich muss aber was tun!«

»Sag mal, Jojo, willst du nur cool sein, um Lucilla nicht zu verlieren?«

Ich seufzte. »Ach, es geht um mehr. Weißt du eigentlich, was für ein Gefühl das ist, wenn alle zu 'ner Party eingeladen werden, nur du nicht?«

Sven schaute mich interessiert an.

Leidend sagte ich: »Ich hab mich schrecklich gefühlt. Vor allem, weil es ja offensichtlich wegen meiner Uncoolness war.«

»Reden wir von der *Haarscharf*-Party?«

Ich nickte. Dann fiel es mir siedend heiß wieder ein: »Und außerdem war ich ja krank.«

Sven schüttelte den Kopf. »Da machst du so einen Wirbel um eine Party, die dich gar nicht mal wirklich interessiert? Warum hast du nicht einfach gesagt, dass du keine Einladung bekommen hast?«

Ich zuckte die Schultern. »Ich wollte nicht, dass du unter meiner Uncoolheit leidest.«

»Tzz! Es war dir peinlich zuzugeben, dass du keine Einladung bekommen hast, stimmt's?«, meinte Sven.

»So könnte man es auch ausdrücken.«

Sven lachte und küsste mich.

Ich seufzte zufrieden. Wozu musste ich eigentlich cool sein, wenn ich so einen tollen Freund hatte?!

derselbe Montagnachmittag, 10. Juni ....

Muss man Erwachsenen denn wirklich alles erklären? Man sollte meinen, sie wären schon etwas weiter.

Als ich eben nach Hause kam, geriet ich in ein akutes Coolness-Notstandsgebiet. Oskar hatte auf dem Kopf eine Baseballmütze mit zur Seite gedrehtem Schirm. Nicht schlecht, wenn auf der Mütze nicht Biene Maja einen fürchterlichen Streit mit Willi gehabt hätte.

Oskar sah mich an. »Nicht cool?«

Ich schüttelte den Kopf.

Er zog die Mütze aus. Dann schaute er unsicher

auf sein T-Shirt mit einem bunten, gebatikten Peace-Zeichen drauf. Hatte er wohl kurz nach Ende der Steinzeit selbst gefärbt.

Er sah mich fragend an.

Ich zuckte die Schultern. »Für zu Hause ist es okay, aber nicht für die Öffentlichkeit.«

Meine Mutter knotete die Bluse, die sie in der Taille gebunden hatte, um ein bauchfreies Oberteil zu haben, langsam auf und steckte sie in ihre Jeans. Ich nickte ihr bestätigend zu. Sie griff unsicher in ihre Haare. Sie hatte sie zu einer vermeintlich schrillen Frisur verarbeitet, die irgendwo zwischen Krähennest und Wurzelgemüse lag.

Oskar hatte das Bedürfnis, ihre Verkleidungen zu erklären. »Du hast dich doch beschwert, dass wir so wenig cool sind. Also wollten wir das mal ändern.«

Ich lächelte die beiden freundlich an. »Ich weiß gar nicht, wie ihr darauf kommt! Coolsein ist überhaupt nicht wichtig! Es kommt darauf an, dass man sich so verhält, wie man wirklich ist. Allein das zählt!«

Oskar sah meine Mutter betroffen an. Meine Mutter blickte zu Oskar und versuchte ihn mit einem Blick zu trösten. Unhörbar formte meine Mutter mit den Lippen das Wort: »Teenager!«

Oskar und meine Mutter hatten es bestimmt gut gemeint, aber so deutlich wie die beiden hatte auch Sven mir nicht vor Augen führen können, wie peinlich Coolheit sein kann.

Dienstag, 11. Juni

Der Morgen heute verlief relativ friedlich. Meine Mutter und Oskar waren wieder normal und versuchten nicht mehr cool zu sein. Oskar schien darüber besonders froh.

So gab es nur das übliche Chaos. Meine Mutter hatte ihre Samentütchen-Zuchtversuche in die Küche verlegt und die Tütchen erst mal überall auf dem Tisch ausgebreitet, um eine perfekte Zusammenstellung zu gewährleisten. Während sie noch überlegte, was geschmacksmäßig und von den Farben her am besten zusammenpasste, kam Flippi in die Küche. Sie begutachtete die Tütchensammlung, schnappte sich dann eins und wollte es in ihre Milch streuen.

Meine Mutter konnte es ihr gerade noch mit einem spitzen Schrei aus der Hand reißen.

»Hey, was soll denn das?«, wunderte sich Flippi. »Du sagst doch immer, ich soll mehr Gemüse essen.«

»Aber die sind doch vielleicht giftig«, regte sich meine Mutter auf.

Flippi sah auf das Tütchen. »Du pflanzt giftiges Gemüse?« Dann sah sie respektvoll zu meiner Mutter.

»Nein, natürlich nicht!« Meine Mutter war sichtlich verwirrt. »Es ist nur … ich weiß eben nicht, ob man die Samen essen kann. Ach, ihr seid doch Banausen!« Sie sammelte ihre Tütchen wieder ein und ging in den Garten.

Nachdem meine Mutter gegangen war, genehmigte sich Flippi ein Kartoffelchips-Eisfrühstück. Es war also alles wieder beim Alten. Wie schön! Und das Beste war, dass ich Lucilla nicht die Bohne vermisste. Hach!

Mittwoch, 12. Juni

Man glaubt ja gar nicht, wie viel Zeit man so Tag für Tag mit seiner Freundin vertrödelt.

Nach der Schule hatten Lucilla und ich immer noch stundenlang über alles Mögliche geredet, völlig unwichtiges Zeug. Prima, die Zeit hatte ich jetzt gespart. Ich ging direkt nach Hause und fand meine Mutter im Garten, wo sie an ihrem Gemüsebeet arbeitete. Das heißt, genau genommen kniete sie am Boden und begutachtete die Erdklumpen durch ein Vergrößerungsglas.

»Diese Samenkörner lassen sich aber auch überhaupt nicht blicken! Wie soll das denn was werden?«, schimpfte sie vor sich hin. »Wartet nur, mit mir nicht.« Sie nahm ein paar kleine Pflanzen aus einer Kiste neben sich. »Seht ihr das hier?«, fragte sie die Erdklumpen triumphierend. »Ich werde jetzt mit fertigen Pflanzen arbeiten!«

Ich war mir nicht hundertprozentig sicher, aber irgendwie hätte ich schwören können, dass die Erdklumpen betroffen in sich zusammensanken.

»Hey, Mam!«

»Kind, ist alles in Ordnung?«, fragte sie mich erschrocken und richtete sich auf.

»Sicher, warum nicht?«

»Du bist so früh da.«

»Ich hab mich beeilt«, erklärte ich fröhlich.

»Das ist jetzt aber irgendwie unpassend«, meinte meine Mutter. »Ich hab noch gar nicht mit dir gerechnet und muss das hier erst fertig machen. Sonst bring ich alles durcheinander und dann wächst der Waldmeister in der Brombeerhecke und die Tomaten stehen im Kartoffelfeld.«

»Ist Oskar schon da?«, fragte ich.

Meine Mutter schüttelte den Kopf und sah verzweifelt auf eine Pflanze in ihrer Hand. »Was war das jetzt noch gleich?«

»Ich kann dir ja ein bisschen helfen«, schlug ich vor.

Das war doch schon der erste große Vorteil meines Lucilla-Zeitgewinns. Ich konnte meine Familie mit mehr Aufmerksamkeit erfreuen.

Meine Mutter sah mich leicht unglücklich an. »Ach, weißt du, Schätzchen, vielleicht ein andermal, hier ist schon so viel durcheinander.« Sie sah mich bittend an. »Kannst du nicht irgendwas spielen oder lesen oder … Hausaufgaben machen?«

Ich trollte mich. Okay, die Situation war neu, sie musste sich erst daran gewöhnen.

Ich ging in mein Zimmer. Na gut, lesen. Mal sehen, was hatte ich denn da? Ich durchforstete meine Regale, fand aber nichts, was mich brennend interessierte. Dann eben was anderes. Während ich noch überlegte, hörte ich jemanden an der Haustür.

Ich steckte meinen Kopf aus meinem Zimmer und sah Flippi nach Hause kommen.

»Hey, wie geht's?«, rief ich ihr fröhlich zu. Ich sollte wirklich etwas mehr Zeit mit meiner Schwester verbringen.

Flippi sah mich böse an. »Lass mich bloß in Ruhe, ich hatte einen anstrengenden Tag in der Schule, klar?« Damit verschwand sie in ihrem Zimmer und knallte die Tür zu.

Ich seufzte und ging wieder in mein Zimmer. Und dann setzte ich mich doch tatsächlich an den Schreibtisch und machte Hausaufgaben!

Na, ich musste mich eben auch erst mal an meine neu gewonnene Freizeit gewöhnen.

Mittwochabend, 12. Juni

Nachdem ich meine Hausaufgaben gemacht, meine Familie beim Mittagessen unterhalten, mein Zimmer aufgeräumt und die Samentütchen meiner Mutter in alphabetische Reihenfolge gebracht hatte, beschloss ich, dass sich Sven sicher freuen würde, wenn ich ihm einen Besuch abstatten würde.

Ab sofort würde ich zu allen Menschen nett und freundlich sein, ja, ich würde meine neu gewonnene Freizeit dazu verwenden, Leute in bessere Stimmung zu versetzen, ich würde ein Sonnenschein für die Gesellschaft sein. Als ich die Samentütchen meiner Mutter sortiert hatte, hatte ich nämlich auch ein paar Ratgeber für alle Lebenslagen gefunden – und komplett durchgelesen. Einer handelte davon, dass die Leere im Leben ausgefüllt werden kann, wenn man nur immer nett und freundlich ist.

Ich klingelte an der Haustür. Svens Mutter öffnete.

Bevor sie auch nur das Gesicht genervt verziehen konnte, rief ich schon freundlich: »Guten Tag, ich grüße Sie! Wie geht es Ihnen? Sie sehen gut aus.«

»Jojo, bist du das?«, fragte sie zweifelnd und beugte sich näher zu mir.

Ich strahlte mein gewinnendstes Lächeln. »Ist Sven zu Hause?«

»Sven arbeitet.«

Ich lächelte noch gewinnender. »Er räumt sicher die Garage auf, nicht wahr? Ich werde ihm helfen. Also, wenn es Ihnen recht ist.«

Svens Mutter schaute mich an, als sähe sie mich zum ersten Mal.

»Haben Sie herzlichen Dank und einen schönen Tag noch!«, sagte ich fröhlich.

In der Garage hing auch schon Justus rum.

»Hallo, Jungs«, schmetterte ich gut gelaunt.

Sven sah mich erstaunt an.

Ich setzte mich auf den Stapel alter Reifen.

»Hey, Vorsicht!«, rief Sven schnell. »Da sind meine Chips-Vorräte drin.«

Ich begutachtete Svens Sammlung. Der Junge richtete sich wirklich immer mehr hier ein. Vermutlich würde er bald unter einer Kiste alter Schrauben eine kleine Kochplatte verstecken und ein paar Dosen Hot Dogs hinter dem Motorenöl.

»Was gibt's, Jojo? Ist was los?«, wollte Sven wissen.

»Och, ich war in der Gegend und dachte, ich schau mal rein«, erklärte ich.

»Ah«, grinste Sven. »Kann es sein, dass wir hier gerade eine Sitzung der Lucilla-Problem-Selbsthilfegruppe haben?«

Justus verzog leidend das Gesicht.

»Ärger mit Lucilla, was?«, sagte ich mitfühlend.

Justus zuckte die Schultern. Gut, er wollte nicht darüber reden. Das konnte ich akzeptieren. Also würde ich ganz einfach reden. Bestimmt freute er sich darüber und das war ja mein neues Motto: nett und freundlich zu anderen zu sein.

»Lucilla entwickelt sich zum Serafina-Monster. Sie denkt und redet nur noch von coolen Frisuren, coolen Klamotten und dieser bescheuerten *Haarscharf*-Veranstaltung«, teilte ich Justus freundlich mit.

Er sagte nichts.

Ich nickte verständnisvoll. »Das Beste ist, dass diese Frisuren zum Schreien aussehen«, kicherte ich. »Wer will schon *Haarscharf*-Girl sein?«

Justus seufzte.

Ich fuhr fort: »Und dann redet sie dauernd in dieser Quietsch-Tonlage, das hält man echt kaum aus.«

Justus schluckte.

»Oh Mann!« Ich schüttelte lächelnd den Kopf. »Und ganz abgesehen davon hat sie keine Zeit, weil sie dauernd mit der ›Gang‹ rumhängt.«

Justus stöhnte.

Jetzt war ich richtig in Fahrt. »Hat sie dich auch mal sitzen lassen, weil sie lieber mit Serafina Nagellack einkaufen gehen wollte?«

Justus schwieg.

»Ach«, ich winkte ab, »klar, das ist irgendwie schade. Aber dafür hab ich jetzt viel mehr Zeit für andere Sachen.«

»Wie was zum Beispiel?«, mischte sich Sven ein und schaute etwas süßsauer.

Ich überlegte. »Oh, ich habe schon meine Hausaufgaben gemacht, mich mit meiner Schwester gestritten, mein Zimmer aufgeräumt und die Samentütchen meiner Mutter alphabetisch geordnet.«

Sven und Justus sahen mich verblüfft an.

Hm, war wohl nicht so überzeugend, keiner schien beeindruckt zu sein. Justus ließ weiter den Kopf hängen.

Ich klopfte Justus auf die Schulter. »Du musst das von der positiven Seite sehen.«

»Was ist daran positiv?«, fragte Justus irritiert.

»Na, jetzt sind wir sie los und man ist einfach nur froh, dass alles vorbei ist.«

Nun schauten mich Justus und Sven bestürzt an.

»Jojo, Justus ist noch mit Lucilla zusammen«, sagte Sven leise zu mir.

Oh, Murks, stimmte ja!

Justus sah nachdenklich zu Boden.

Ich ging zu ihm und klopfte ihm auf die Schulter. »Na, nichts für ungut«, munterte ich ihn auf.

Justus versuchte sich ein etwas leidendes Lächeln abzuringen, dann stand er auf. »Okay, ich geh dann mal.«

»Aber doch nicht wegen mir?«, erkundigte ich mich erschrocken.

Justus zuckte die Schultern und machte sich auf den Weg.

Sven stand ebenfalls auf. »Tja, ich fürchte, ich muss dann auch mal los.«

Ich sah ihn enttäuscht an. »Was denn? Schon?«

»Jojo, ich hab heute Sport.«

Ich sprang auf. »Ich kann doch mitkommen«, strahlte ich Sven an.

»Zum Sport?«

Die Art, wie er das sagte, ließ darauf schließen, dass er es wohl für keine so gute Idee hielt.

»Aber ich hab Zeit, ich hab nichts zu tun!«, warf ich ein.

Sven sah mich nachdenklich an. »Vielleicht solltest du dir eine neue Freundin suchen«, meinte er.

Blöde Idee!

Donnerstag, 13. Juni

Ich hatte absolut gute Laune, mir ging's prächtig.

Ich suchte meine Mutter, sie war natürlich im Garten. Sie hatte ein Gartenbuch aufgeschlagen und versuchte die Pflanzen, die sie im Garten fand, mit den Abbildungen aus dem Buch abzugleichen. Sie schien nicht sehr zufrieden zu sein.

»Hey, Mam!«

Sie sah erstaunt auf. »Alles okay?«

»Ja, warum?«

»Du bist schon wieder so früh da.«

»Kann man denn nicht mal Zeit mit seiner Familie verbringen und mit der eigenen Mutter reden?«, sagte ich leicht beleidigt.

»Aber sicher, Schatz«, meinte meine Mutter erschrocken. »Es ist nur so … ungewöhnlich.«

Ich setzte mich auf einen Sack mit Pflanzenerde.

Sie legte das Buch zur Seite. »Dann reden wir.« Sie setzte sich neben mich. »Lucilla hat wohl heute keine Zeit, was?«

Ich zuckte die Schultern.

»Bist du sauer auf Lucilla?«

»Och, eigentlich ist mir Lucilla ziemlich egal.«

Meine Mutter sah mich erstaunt an. »Ihr habt euch gestritten?«

»Wir sind nicht mehr so gut miteinander befreundet«, erklärte ich kurz. »Genau genommen sind wir gar nicht mehr miteinander befreundet.«

»Wieso das denn?«

»Sie verbringt ihre Zeit lieber mit Serafina und den coolen Hühnern«, erklärte ich.

»Dann solltest du vielleicht mal mit ihr reden«, schlug meine Mutter vor.

»Hab ich. Seitdem reden wir nicht mehr miteinander.«

Meine Mutter schaute mich verblüfft an, dann meinte sie: »Ach, das gibt sich bestimmt wieder.«

Ich schüttelte den Kopf. »Nein, auf keinen Fall. Die Freundschaft hat sich erledigt! Sie hat jetzt andere Freundinnen!«

Meine Mutter legte den Arm um mich. »Oh, Schatz, das tut mir leid. Das muss hart für dich sein.«

»Ach, i wo!« Ich schüttelte den Kopf. »Ich hab jetzt viel mehr Zeit für … euch. Und für andere Dinge.«

»Du fühlst dich einsam, was?«

Hört diese Frau denn nie zu? Es geht mir gut!!

»Es gibt doch bestimmt noch andere Mädchen, mit denen du dich treffen kannst. Such dir eine andere Freundin.« Meine Mutter sah mich aufmunternd an.

»Was denn? Soll ich in den Freundinnen-Supermarkt gehen und mir jemanden aussuchen?«

»Also Jojo, wirklich. Du kennst ja wohl noch andere nette Mädchen, oder? Da hat doch neulich jemand angerufen. Wer war das noch gleich?«

Ich überlegte. »Ach, du meinst Julia. Die hat nur wissen wollen, was wir in Mathe aufhaben.«

»Na bitte. Da habt ihr doch schon ein gemeinsames Thema«, strahlte mich meine Mutter an.

»Mathe?!« Das konnte sie ja wohl kaum ernst meinen!

»Warum nicht?«

Sie meinte es ernst.

»Oder dieses Mädchen, mit dem du dich neulich beim Einkaufen unterhalten hast.«

»Das war die Gemüseverkäuferin.«

»Nein, ich meine, vor der Eisdiele.«

Ich überlegte. »Ach Ulrike.«

»Na also«, strahlte meine Mutter.

»Mam, natürlich kenne ich noch andere Mädchen. Aber ich hab nicht so viel mit ihnen zu tun.«

»Dann ändere das. Ruf doch Ute gleich mal an.«

»Ulrike«, verbesserte ich sie.

»Am besten beide!«, strahlte meine Mutter.

Montag, 17. Juni

Ich weiß wirklich nicht, wieso sich alle das so einfach vorstellen. Aber Freunde finden ist nicht so leicht. Ich hab's probiert, ehrlich.

Ich hatte mich heute mit Julia aus meiner Klasse verabredet. Sie wollte gleich nach der Schule mit zu mir kommen.

»Ja, mach das«, freute sich meine Mutter, als ich es ihr gestern Abend mitteilte. »Ich koche euch was Schönes!«

Na prima, das fiel ja fast schon unter Boykott!

Wenn meine Mutter sich an der Zubereitung des Mittagessens versuchte, konnte ich die ganze Sache gleich wieder vergessen.

»Wir können doch auch Pizza holen«, schlug ich schnell vor.

»Auf keinen Fall!«, widersprach meine Mutter empört. »Natürlich koche ich für euch. Wenn die Kinder aus der Schule kommen, gehört ein warmes selbst gekochtes Essen auf den Tisch. Wir wollen doch, dass deine neue Freundin gleich einen richtigen Eindruck von uns bekommt.«

Genau das wollte ich eigentlich verhindern. Ich sah Hilfe suchend zu Oskar.

Er zwinkerte mir beruhigend zu. Okay, mit Oskar auf meiner Seite würde ich es wagen können.

Als ich mit Julia aus der Schule kam, sah alles friedlich aus. Oskar stand mit einer Schürze am Herd.

»Hallo, ihr beiden«, begrüßte er uns fröhlich.

Julia sah ihn interessiert an. »Bei den Eingeborenen in Neuguinea ist auch der Mann für die Zubereitung des Essens zuständig«, sagte sie. Sie zögerte kurz. »Allerdings tragen sie da keine Schürzen.«

Oskar sah auf seine Schürze. »Tja, die wissen nicht, was sie verpassen.«

»Ist Mam nicht da?«, fragte ich zaghaft.

Oskar schüttelte den Kopf. »Nein, sie musste heute ins Theater. Arbeiten.« Er zwinkerte mir zu.

Ich entspannte mich. Nicht, dass ich meine Mutter nicht mag. Ganz im Gegenteil. Aber neue Freunde zu finden war sicher einfacher ohne ihre Anwesenheit.

Flippi saß schon am Tisch und malte eine Skizze oder so etwas Ähnliches. Es sah ziemlich gefährlich aus. Ich hoffte nur, dass es nichts war, was sie später in die Tat umsetzen wollte.

Oskar stellte uns unsere Teller hin. »Na dann guten Appetit«, wünschte er.

Flippi fing an zu essen. »Können wir Mami nicht immer über Mittag arbeiten schicken?«, fragte sie mit vollem Mund.

»Flippi, iss einfach«, ermahnte sie Oskar.

Julia warf einen Blick auf Flippis Zeichnung. »Du konstruierst Ameisenhügel?«, fragte sie. »In Patagonien haben sie das mal versucht. Ist aber schiefgegangen.«

»Das hätte ich denen gleich sagen können«, murmelte Flippi und zeichnete verbissen weiter.

Julia schaute noch genauer auf Flippis Zeichnung. Dann sah sie meine kleine Schwester erschrocken an. »Sag mal, ist das etwa ein malaysisches Bannritual für ungebetene Gäste?«

Flippi grinste kurz und schien in Versuchung zu geraten. Aber ein flehentlicher Blick von mir brachte sie dazu, den Kopf zu schütteln und zu sagen: »Nein, keine Angst. Das wird eine Trainingsstrecke für meine Schnecken. Ich züchte die freundliche Nachbarschaftsschnecke. Brauchst du vielleicht eine? Als Freundin von Jojo bekommst du einen Sonderrabatt. Als beste Freundin von Jojo kriegst du sie noch günstiger. Jojo geht uns nämlich ganz schön auf den Geist.«

Ich trat unter dem Tisch nach Flippi, sie war aber schneller und ich kickte leider nur gegen das Stuhlbein. Es tat ziemlich weh.

»Nein danke«, antwortete Julia.

Hm, was meinte sie jetzt, die Sache mit der Schnecke oder meine Freundin zu sein?

»Es gibt einen kleinen Stamm am Rande des Amazonas. Für die sind Schnecken echte Glücksbringer«, erklärte Julia.

»Echt?« Flippi strahlte sie an.

Na toll, sah so aus, als hätte Flippi eine neue Freundin gefunden.

»Am meisten Glück bringen sie allerdings, wenn man sie isst«, fügte Julia dann noch hinzu.

Fehler. Und das Ende einer großen Freundschaft.

»Waaas?!« Flippi sprang empört auf.

Oskar stürzte schnell zu uns, drückte Julia und mir unsere Teller in die Hand und schob uns aus der Küche. »Esst doch auf Jojos Zimmer weiter. Das macht bestimmt mehr Spaß«, sagte er leicht angespannt.

»Besser, ihr macht einen Riesenbogen um mich!«, rief uns Flippi drohend hinterher.

Ich beugte mich zu Julia und sagte: »Altes Ritual unserer Familie: kleine Schwestern meiden.«

Julia nickte . »Aha. Hab ich noch nichts drüber gelesen.«

Als wir in meinem Zimmer waren, sah Julia sich interessiert um. »Bei einem Volk in Hinterindien gibt es den Brauch, all seine Habe in einem ledernen Beutel mit sich herumzutragen. Praktisch, was? Da würde man eine Menge Regale und Schubladen sparen.«

Ich überlegte, welches Ausmaß dieser Beutel bei mir wohl haben müsste.

Julia setzte sich auf mein Bett, balancierte den Teller auf ihren Knien und erzählte munter weiter drauflos. Von Ritualen und Bräuchen und fremden Ländern.

»Was hast du eigentlich so für Hobbys?«, fragte ich sie in einer Ritual-Pause.

Sie sah mich etwas verblüfft an. »Glaubst du im Ernst, ich hab Zeit für Hobbys? Völkerkunde ist ein sehr zeitintensives Studium. Es gibt nichts Interessanteres als andere Sitten und Gebräuche. Wenn du einmal angefangen hast, dich damit auseinanderzusetzen, lässt es dich nicht mehr los.« Dann fiel ihr etwas ein. »Sag mal, warst du das nicht, die sich für russische Volkslieder interessiert hat?«

Ich stöhnte auf und überlegte, welche Chancen ich wohl mit Leugnen hatte. »Ach, das ist schon lange wieder vorbei. War nur so 'ne Phase.«

Julia grinste. »Ja, dieser Russe auf dem Bild sah echt süß aus.«

Ich sah sie erstaunt an. Hey, doch noch andere Themen: Jungs.

»Wusstest du, dass in manchen Teilen Russlands Singen als Beleidigung aufgefasst wird?«

»Ah, deshalb waren sie wahrscheinlich auch hier auf Tournee«, vermutete ich schwach. Das war echt anstrengender, als ich gedacht hatte.

Oskar kam dann und lud uns zu Kuchen und Tee auf die Terrasse ein. Er hatte sich wirklich Mühe gegeben und sogar noch ein paar Reiseführer, einen Atlas und ein Lexikon rausgesucht.

Ungefähr 500.000 Völker und Stämme später schwirrte mir der Kopf und ich hatte inzwischen schon so viel über Rituale und Bräuche erfahren, dass ich mir nicht sicher war, ob ich mir jemals wieder die Zähne putzen konnte, ohne zu überlegen, was das wohl eigentlich bedeutet.

Dann kam meine Mutter nach Hause.

Sie wunderte sich, warum sie so dringend ins Theater hatte gehen sollen. »Ich weiß wirklich nicht. Das hätte ich auch ohne Probleme morgen machen können.« Sie schüttelte den Kopf. Dann sah sie Julia und mich. »Ah, die neue Freundin meiner Tochter«, strahlte sie und kam auf uns zu. »Und du arbeitest bei dem Gemüsestand«, brachte sie nun alles völlig durcheinander.

»Nein, das war Ulrike«, versuchte ich meine Mutter zu stoppen. »Aber die arbeitet da auch nicht, ich hab sie mal vor der Eisdiele getroffen.«

»Richtig«, startete meine Mutter einen erneuten Versuch. »Du warst die mit den Mathe-Hausaufgaben.« Sie sah sich im Garten um. »Na, schon ein bisschen was gerechnet?«, zwinkerte sie ihr zu.

Mütter scheuen wirklich nichts, um ihre Töchter in Peinlichkeiten zu bringen.

»Dann kümmere ich mich jetzt mal um meinen Gemüsegarten«, kündigte sie an.

Gut. Dachte ich.

Nun aber hatte Julia ihren Einsatz. »Interessant, dass Sie das sagen. Wussten Sie, dass es ein Volk in der Mandschurei gibt, das seine Gemüsegärten nur in geometrischen Formen anlegt?«, fragte sie meine Mutter.

Die sah sie leicht verwirrt an. »Wächst es dann besser?«, wollte sie wissen und sah auf ihr Gemüse, das eher einen mickrigen Eindruck machte.

»Keine Ahnung, schon möglich. Das soll das Gemüse zumindest glücklicher machen.«

»Oh«, strahlte meine Mutter, »dadurch wird es bestimmt gesünder, weil es mehr Vitamine hat.«

Was eigentlich hatte ich verbrochen, dass ich so hart bestraft wurde?

Statt irgendwo rumzuhängen, ein Eis zu essen oder irgendwelche anderen Teenager-Dinge zu machen, stand ich im Garten und hörte meiner Mutter und einer Mitschülerin bei einem Gespräch über glückliches Gemüse zu.

Donnerstag, 20. Juni

Aber auch nach dem Reinfall mit Julia gab ich noch nicht auf. Heute hatte ich mich mit Ulrike verabredet. Sicherheitshalber außerhalb unseres Hauses und dem Einflussbereich meiner chaotischen Familie.

Vor der Eisdiele.

Ulrike kam und begrüßte mich mit einem freundschaftlichen Schlag auf die Schulter. »Okay, dann lass uns gehen!«

»Gut.« Ich ging in die Eisdiele, Ulrike an der Eisdiele vorbei.

Ich streckte den Kopf wieder heraus. »Ich dachte, wir gehen hier herein«, sagte ich erstaunt.

»Was denn, tote Kalorien schaufeln?«, fragte Ulrike ebenso erstaunt.

Oh. Na gut. Mit einem bedauernden Blick auf die Eisdiele folgte ich Ulrike. Dabei überlegte ich mir, wie wohl lebende Kalorien aussahen. Sicher waren sie ständig in Bewegung und trugen kleine Turnschuhe.

»Ich dachte, wir werfen ein paar Körbe«, schlug Ulrike vor.

Was? Ich blieb stehen. Körbe werfen? Was meinte sie denn? Einkaufskörbe? Papierkörbe? Für so ein Randalemädchen hatte ich sie gar nicht gehalten. Es würde schwer werden, das meiner Mutter zu erklären.

»Hör mal, können wir nicht was anderes werfen?«, versuchte ich zu verhandeln.

126

Ulrike sah mich überrascht an. »Das macht aber richtig Spaß. Probier es doch erst mal.«

Na toll, ob die Fahrt auf das Revier, wo man uns wegen Sachbeschädigung verhören würde, auch so viel Spaß machen würde?

»Meinst du nicht, die Besitzer der Körbe haben da etwas dagegen?«, wagte ich noch einen schwachen Einwand.

»Na, ich dachte, wir machen das bei uns in der Einfahrt. Meine Eltern haben da nichts dagegen.«

»Oh, na dann. Auf geht's, Körbe werfen«, sagte ich und ergab mich in mein Schicksal. Schließlich wollte ich ja guten Willen zeigen.

Als wir bei Ulrike ankamen, sah ich mich um und wurde gleich fündig. Vor dem Auto ihrer Mutter stand neben ein paar vollen Einkaufstüten auch ein Einkaufskorb. Ich nahm ihn hoch, schaute Ulrike an und warf ihn ihr zu.

Sie fing ihn etwas ungeschickt auf, ein paar Packungen Puddingpulver und zwei Dosen Erbsen fielen raus.

Ulrike schaute mich entgeistert an. »Was soll denn das?«

Blöde Frage, sie hatte es doch selbst vorgeschlagen!

Ulrikes Mutter kam aus dem Haus, wohl um die weiteren Einkäufe reinzutragen. Sie nahm Ulrike den Korb aus der Hand, sah auf die Sachen am Boden und meinte: »Wenn du so unachtsam bist, trage ich die Einkäufe lieber selbst ins Haus.«

Als ihre Mutter verschwunden war, fragte mich Ulrike: »Sag mal, spinnst du?«

Vielleicht sollte ich mir doch erst mal die Spielregeln erklären lassen.

Ulrike sah mich inzwischen sehr merkwürdig an. »Wenn ich kurz reingehe und den Ball hole, bleibst du dann hier stehen und machst keinen Blödsinn?«

Ich nickte. »Okay.«

Als Ulrike mit dem Ball wieder herauskam, wurde mir klar, was sie mit »Körbe werfen« gemeint hatte: Basketball! Wir gingen um das Haus herum, wo ein Basketballkorb an der Hauswand angebracht war.

Na toll! Und ich werfe den Einkaufskorb ihrer Mutter durch die Gegend! Ulrike muss mich ja für völlig durchgedreht halten.

Das war sicher nicht der Beginn einer wunderbaren Freundschaft.

Freitag, 21. Juni

Irgendwie war das alles doch nicht so einfach. Das wurde mir heute deutlich bewusst.

Ich war gerade dabei, Lucillas Nummer zu wählen, um ihr von Julia und Ulrike zu erzählen, als mir einfiel, dass der Grund, warum ich mich mit den beiden getroffen hatte, ja der war, dass Lucilla und ich nicht mehr miteinander redeten.

Gedankenverloren hielt ich den Hörer in der Hand.

Schade, es hätte bestimmt Spaß gemacht, Lucilla davon zu erzählen. Ich stellte mir vor, wie sie reagiert hätte.

Irgendwie fehlte mir Lucilla. Sogar sehr. Beste Freundinnen kann man eben nicht so einfach ersetzen. Warum hatten wir uns noch mal gestritten?

»Na, was jetzt, Lahmtröte«, hörte ich eine Stimme hinter mir. »Wenn du mit jemandem reden willst, musst du schon eine Nummer wählen und den Hörer ans Ohr halten. Sonst wird das nichts. Besser, du lässt mal jemand ran, der noch Leute kennt, die er anrufen kann.«

Ich drehte mich um. »Damit kannst du ja wohl kaum dich meinen. Sobald jemand einen Anruf von dir bekommt, meldet er das Telefon doch sofort ab.«

»Ach!« Flippi ging in Kampfhaltung. »Sagt jemand, der verzweifelt die Telefonbücher durchtelefoniert, um eine Freundin zu finden.«

Diese Giftschnecke hatte ihre Ohren aber auch überall. Gab es in diesem Haus denn gar keine Privatsphäre?

»Besser, du kümmerst dich um deine eigenen Sachen«, drohte ich und stürzte mich auf sie.

Unser schwesterliches Geplauder hatte wohl meine Mutter angelockt. Sie warf sich todesmutig zwischen uns.

»Was ist denn hier schon wieder los?«, wollte sie wissen.

»Sie hat angefangen«, beschwerte ich mich.

»Sie hält das Telefon gefangen«, meckerte Flippi zurück.

»Was?« Meine Mutter sah zwischen uns hin und her. »Ich glaube, es ist wohl am besten, wenn ihr beide auf eure Zimmer verschwindet und da erst mal bleibt.«

Wow, schon wieder dieser autoritäre Erziehungsratgeber. Ich musste später mal mit Flippi reden, ob man ihn nicht irgendwie verschwinden lassen oder austauschen konnte.

Flippi tippte meiner Mutter auf den Arm. »Wäre es nicht besser, ich würde kurz aus dem Haus gehen? Dann wäre ich weg und es könnte nichts passieren.«

Meine Mutter überlegte. »Okay.« Sie nickte Flippi zu und wandte sich an mich. »Dann bleibst du hier.«

»Waas?«, rief ich empört.

Flippi kicherte und lief schnell aus dem Haus.

»Mam, ich wollte zu Sven! Da kommt Flippi bestimmt nicht hin.«

Meine Mutter seufzte und ließ auch mich gehen.

Ich lief schnell los, bevor sie es sich anders überlegte.

nach wie vor Freitag, 21. Juni

Bei Sven hielt ich mich gar nicht erst mit Klingeln auf, sondern ging direkt in die Garage. Und ich hatte recht. Er war wieder dort.

»Hey!«

Sven sah von seinem Comic auf. »Lass mich raten. Die Aktion ›Wir-finden-eine-Freundin‹ war nicht so erfolgreich?«, grinste er.

Ich ignorierte ihn, ging zu den Reifenstapeln und schaute hinein. Dann sah ich enttäuscht zu Sven. »Was denn, keine Chips mehr da?«

»Nein, tut mir leid. Die sind aus.« Sven grinste. »Ich hatte diese Woche nicht mit so viel Besuch gerechnet. Da hat der Einkauf einen bedauerlichen Fehler gemacht. Aber sieh mal in den Garten-Handschuhen nach. Da ist noch Schokolade.«

Ich ging zu den Handschuhen und fischte mir einen Schokoriegel raus. »Die mit heller Schokolade mag ich lieber«, teilte ich Sven mit.

Der tat so, als notierte er es sich in seinem Comicheft. »Okay, mehr Chips und in Zukunft keine dunkle Schokolade. Geht in Ordnung.«

Die Tür ging auf und Justus kam rein.

»Hey, Justus«, begrüßte ich ihn. »Möchtest du auch einen Schokoriegel? Es gibt allerdings nur die mit dunkler Schokolade, die schmecken nicht so gut.«

»Sind keine Chips mehr da?«, fragte er. »Ach, ich hab eh keinen Hunger. Du hattest echt recht.«

Bitte? Mag er auch keine dunkle Schokolade, oder was? Ich sah ihn fragend an.

»Na, was du neulich gesagt hast. Dass man einfach froh ist, wenn es schließlich vorbei ist.«

Jetzt verstand ich noch weniger. War er froh, dass keine Chips mehr da waren?

»Ich hab mich von Lucilla getrennt«, beendete er schließlich meine verzweifelten Überlegungen.

»Echt?«

Auch Sven schien überrascht. »Im Ernst?«

Justus nickte.

Sven und ich sahen uns an.

Justus seufzte. »Weißt du, Jojo, was du das letzte Mal gesagt hast, hat mich zum Nachdenken gebracht.«

Jetzt sah nur Sven mich an, ich ihn lieber nicht mehr.

»Es macht wirklich keinen Spaß, immer hinter ihr herzulaufen und nur 'ne Audienz zu bekommen, wenn die anderen keine Zeit haben.«

»Na ja ...«, wollte ich einwenden.

»Und dieses Gequietsche war echt nervtötend. Da haben einem wirklich die Ohren wehgetan.«

»Schon, aber ...«

»Und die Frisuren sahen voll bescheuert aus.«

Au Backe. Ich hatte ein total schlechtes Gewissen. Ich hatte das unbestimmte Gefühl, dass ich an Justus' und Lucillas Trennung schuld war.

Sven war wohl auch der Meinung, denn er schaute mich so merkwürdig von der Seite an.

»Aber das ist doch nicht unbedingt ein Grund, sich von ihr zu trennen, oder?«, fragte ich schüchtern. Meine Güte, was hatte ich da für eine Schuld auf mich geladen!

»Nein, das ist nicht der Grund. Ich hab sie mit einem anderen Typ gesehen.«

»Na, Gott sei Dank!«, entfuhr es mir und ich strahlte Sven an. Ich war doch nicht schuld!

Der sah mich jetzt ungläubig an und mir fiel auf, was Justus da gerade gesagt hatte. »Mit einem anderen Jungen?«

»Ja!« Justus nickte. »Wir waren in der Eisdiele verabredet und sie hatte es nicht nur vergessen und mich da sitzen lassen, sondern kam dann auch noch lachend und plaudernd mit einem Typ am Arm vorbeigeschlendert!«

»Das kann ich mir irgendwie kaum vorstellen«, meinte Sven.

»Das ist ja wohl das Letzte!«, empörte ich mich. Das hätte ich Lucilla wirklich nicht zugetraut.

»Wie auch immer.« Justus zuckte die Schultern. »Du hattest übrigens recht«, meinte er mühsam. »Man hat 'ne Menge Zeit für andere Sachen.«

»Schon Hausaufgaben gemacht und dein Zimmer aufgeräumt?«, fragte ich.

Justus verzog sein Gesicht und nickte. »Und mit Serafina hab ich mich auch schon gestritten.«

Samstag, 22. Juni

Was ist bloß in alle Leute gefahren?

Sven wollte nicht, dass ich ihn zu Philipp begleite, mit dem er ein Referat vorbereiten muss. Sowohl Flippi als auch meine Mutter haben nachdrücklich erklärt, dass sie meine Hilfe heute Nachmittag nicht brauchen würden. Flippi hat sogar noch hinzugefügt, dass sie an einer gefährlichen Killer-Schnecke arbeite, die sie mir auf den Hals hetzen würde, wenn ich sie nicht in Ruhe lassen würde. Dieser Familie fehlt wirklich jeder Gemeinschaftssinn.

Was soll ich bloß tun? Ich langweile mich. Es muss doch irgendeinen Menschen geben, der sich freut, wenn ich bei ihm auftauche?

Oskar!

Ich könnte Oskar im Theater besuchen. Oskar ist nämlich Kulissenmaler in demselben Theater, in dem auch meine Mutter arbeitet. Daher kennen sich die beiden auch. Da Oskar nicht mit uns blutsverwandt ist, wird er sich sicher freuen, mich zu sehen.

Dass er mir beim letzten Mal gleich in der Tür fünf Euro fürs Kino in die Hand gedrückt hatte, hatte bestimmt nichts zu bedeuten.

Auf dem Weg zum Theater sah ich plötzlich Lucilla. Sie lief mit gesenktem Kopf durch die Gegend, dann hob sie den Kopf, entdeckte mich und rannte auf mich zu.

Ich schaute mich um. Was denn? Was hatte sie vor? Sicher wollte sie mich beleidigen. Vermutlich hatte sie ihr Hühnersoll noch nicht erfüllt und suchte ein Opfer.

»Es ist so schrecklich!«, heulte Lucilla und fiel mir um den Hals.

Hm, jetzt war ich doch etwas irritiert.

»Jojo, ich weiß, ich hab mich blöd verhalten. Es tut mir leid«, schniefte sie.

»Was soll das heißen?«, fragte ich barsch.

»Du bist sauer auf mich.«

»Allerdings, und jetzt lass mich los!«

Lucilla löste ihre Arme von meinem Hals und trat einen Schritt zurück. »Du musst mir helfen, Jojo!«, flehte sie.

»Warum bittest du nicht deine Freundin Serafina um Hilfe?«, sagte ich kühl.

Lucilla schniefte auf. »Ach Serafina!«

Ich sollte mich nun umdrehen und gehen. Ich sollte Lucilla genauso stehen lassen, wie sie es mit mir gemacht hatte. Sie wollte ja so dringend Serafinas Freundin sein. Bitte, dann sollte sie sich jetzt auch bei Serafina ausheulen!

Hach! Das Leben war gerecht! Das war mein großer Moment, meine Rache. Ich drehte mich um und stapfte davon.

Wie sich Lucilla mir gegenüber verhalten hatte – das macht man nicht mit einer Freundin. Freundinnen müssen füreinander da sein und sich gegenseitig helfen und unterstützen. Vor allem in Zeiten der Not und Verzweiflung! Da zeigt sich doch erst, was für eine Freundin man ist! Dass man keine Schönwetter-Freundin ist, sondern eine, die auch zu einem hält, wenn man mal im Regen steht! Ja genau! Das ist Freundschaft! Man lässt keine Freundin im Stich …

Ich drehte mich um und rannte zurück zu Lucilla.

Sie stand noch ganz einsam und deprimiert an der Stelle, wo ich sie hatte stehen lassen. Ich umarmte sie und zog sie zu einer Bank.

»Was ist denn passiert, Lucilla?«

Lucilla schaute mich todunglücklich an, Tränen liefen über ihr Gesicht und sie schluchzte: »Justus hat Schluss gemacht. Und nur, weil Serafina mich reingelegt hat.« Sie heulte nun laut und es dauerte eine Weile, bis sie weiterreden konnte. »Sie hat das alles von Anfang an geplant. Sie wollte Justus und mich auseinanderbringen. Deshalb hat sie mich in ihre coole Gang ...«

»Hühnerbande!«, verbesserte ich.

»... aufgenommen. Und dann hat sie mir gesagt, was ich machen soll, damit Justus mich noch toller findet. Diese ganze Coolness-Geschichte. Sie hat gesagt, sie wäre schließlich seine Schwester und würde ihn deshalb am besten kennen. Es war aber alles gelogen!«

»Ich glaube, Justus hatte weniger ein Problem damit, dass du ›cool‹ warst und mit seiner Schwester rumgehangen hast, sondern dass du keine Zeit mehr für ihn hattest und dann mit einem anderen Jungen durch die Gegend gezogen bist.«

»Das war doch der Plan! Serafina hat gesagt, wenn man einen Jungen für sich interessieren will, dann muss man sich rarmachen und ihn dazu bringen, eifersüchtig zu werden.«

»Aber Justus hat sich doch schon für dich interessiert! Ihr wart doch zusammen!«

»Ich weiß«, heulte Lucilla auf, »aber Serafina meinte, man darf seinen Freund nie in Sicherheit wiegen, er muss immer um einen kämpfen.«

»Tzz! Wer war denn eigentlich der Junge, mit dem dich Justus gesehen hat?«

Lucilla fing wieder an zu schluchzen. »Das war irgend so ein Thorsten, ein Freund von Serafina. Sie sagte, wenn Justus mich mit ihm sehen würde, würde er sich umso mehr um mich bemühen.«

»Oder auch nicht«, murmelte ich.

Serafina war wirklich ein Biest. Und Lucilla ein echtes Schaf.

Nun war Trost angesagt. »Weißt du was? Ist doch gut, dass du ganz von alleine gemerkt hast, dass Serafina keine echte Freundin ist.«

Lucilla schluchzte nur.

»Wie bist du eigentlich draufgekommen?«

Lucilla schaute mich tränenüberströmt an. »Ich bin nicht draufgekommen, Serafina hat es mir gesagt.«

»Was? Serafina hat es dir gesagt? Wie denn das?«

»Als ich zu ihr gegangen bin und sie um Hilfe gebeten habe, weil Justus mit mir Schluss gemacht hat, hat sie nur gelacht und gemeint, Gott sei Dank, das hätte ja ewig gedauert.«

»Wie bitte?«

»Und als ich gefragt habe, was sie damit meint, sagte sie nur: ›Ach, Schätzchen, du glaubst doch wohl nicht im Ernst, dass ich tatenlos zuschaue, wenn mein Bruder mit einer völlig uncoolen, hirnlosen Tante durch die Gegend zieht. Er macht mich ja zum Gespött aller Leute!‹«

Ich war sprachlos. Ich reichte Lucilla ein Taschentuch.

Sie schnaubte laut und dramatisch in das Taschentuch. »Mein Leben ist leer und sinnlos geworden. Jetzt hab ich alles verloren, was mir jemals etwas bedeutet hat!«

Na, ihren Hang zur Dramatik hatte sie auf alle Fälle noch nicht verloren.

»Aber du hast doch mich!«, versuchte ich sie zu trösten.

Lucilla schaute mich mit Tränen in den Augen an. »Sind wir denn wieder Freundinnen?«

»Natürlich sind wir Freundinnen. Was für eine blöde Frage.«

»Was soll ich denn jetzt bloß machen?«, fragte mich Lucilla leidend.

»Weißt du was? Warum redest du nicht einfach mit Justus? Wenn du es ihm erklärst, verzeiht er dir bestimmt!«

»Nein, das kann ich nicht«, schniefte Lucilla. »Es ist alles zu furchtbar.«

Ich sah auf die Uhr. »Sven ist bestimmt schon mit seinem Referat fertig und wieder zurück. Los, komm! Wenn wir Glück haben, hängt Justus wieder bei ihm in der Garage rum.«

»Was soll ich denn sagen?«

»Die Wahrheit!«

»Meinst du?«

»Aber sicher, wie heißt es doch so schön: Ehrlich küsst am längsten.«

»Erich? Wer ist Erich?«

»Ehrlich, du Schusselchen! Ehrlich küsst am längsten.«

Samstag, 22. Juni, etwas später ....

Ich schleppte Lucilla zu Sven in die Garage. Sie sah sich verwundert um.

»Hat er sich mit seinen Eltern gestritten? Wohnt er jetzt hier?«, fragte sie.

Ich ignorierte die Frage.

»Ist Justus nicht da?«, rief ich Sven zu.

»Nein, aber wir haben wieder Chips«, meinte er. Dann sah er Lucilla. »Hey, hallo, Lucilla.«

Lucilla schniefte zur Begrüßung.

»Du musst unbedingt Justus herholen«, instruierte ich Sven.

Er sah mich leicht leidend an. »Reicht es denn nicht, dass die Chips wieder da sind?«

»Nein!«, entschied ich bestimmt. »Lucilla hat sich nämlich nur von Serafina reinlegen lassen. Ist das nicht super?«, strahlte ich Sven an.

Lucilla schluchzte wieder auf, Sven sah mich verwundert an.

»Ich meine, Lucilla ist gar nicht so mies und blöd, wie wir dachten. Selbst das mit dem anderen Jungen war nur ein Missverständnis.« Ich war allerbester Laune. »Das müssen wir nur noch Justus erklären und dann ist alles wieder beim Alten. Ist das Leben nicht wunderbar?«

Sven verdrehte die Augen.

»Los, mach schon, Sven! Ruf ihn an. Lucilla muss dringend mit ihm reden.«

»Mit wem denn, mit ihrem neuen Freund?«, ertönte eine Stimme hinter uns.

Wir drehten uns um. Justus stand in der Tür.

»Nein, mit dir!«, erklärte ich Justus aufgeregt. »Serafina hat Lucilla reingelegt. Es war alles ganz anders. Und wir sind auch wieder Freundinnen!« Ich schubste Lucilla in Richtung Justus. »Los, Lucilla, sag es ihm.«

»Du hast es ihm doch gerade schon gesagt.«

»Ach so, ja, genau. Also dann ist ja jetzt alles wieder beim Alten!«

Keiner sagte was.

»Gut, dann lasst uns mal überlegen, was wir gemeinsam unternehmen könnten!«, rief ich fröhlich.

Sven gab mir merkwürdige Zeichen.

Justus sah Lucilla an. »So einfach ist das nicht. Schließlich hat ja niemand Lucilla gezwungen, sich so zu benehmen.«

»Oh doch, irgendwie schon …«, ereiferte ich mich, wurde aber von Sven unterbrochen.

»Jojo, halt die Klappe!«, sagte er leise.

»Was denn?«

»Das ist eine Sache zwischen den beiden.«

»Nicht mehr. Lucilla ist wieder meine beste Freundin!«, erklärte ich Sven.

Sven zupfte mich am Ärmel. »Komm schon, Jojo. Wir lassen die beiden allein.«

»Bist du verrückt?«, flüsterte ich empört zurück. »Jetzt, wo es spannend wird?«

»Jojo, komm!«

»Aber vielleicht braucht sie mich!«

Sven packte meinen Arm und zog mich nach draußen, weit weg von der Garage. Widerstrebend kam ich mit.

»Was, wenn sie schon wieder was falsch macht?«, fragte ich Sven vorwurfsvoll.

»Misch dich nicht ein.«

Ich seufzte. Wahrscheinlich hatte Sven recht.

Aber das Warten war wirklich nicht einfach. Sven verbot mir sogar, zur Garage zurückzuschleichen und zu lauschen.

»Wir hätten zumindest die Chips mit rausnehmen sollen«, maulte ich und stellte mich auf eine lange Wartezeit ein.

Aber da kam Lucilla schon wieder aus der Garage und heulte herzzerreißend.

»Und, alles okay?« Ich stürmte auf sie zu. »Das sind doch bestimmt Freudentränen, was?«

»Justus hat die Nase voll, es ist aus!« Sie heulte noch lauter.

Ich schaute Sven böse an. »Das hast du nun davon!«

»Was denn? Was hab *ich* denn damit zu tun?«

»Na, du hättest mich mal lieber die Sache klären lassen sollen. Jetzt haben wir den Salat!«

Ich nahm Lucilla in den Arm und führte sie nach Hause.

Sonntag, 23. Juni

Nachdem ich gestern Abend die heulende Lucilla nach Hause gebracht hatte, rief ich Sven an.

»Vielen Dank!«, fauchte ich sofort.

»Gern geschehen. Wofür?«

»Dass du Lucillas Leben ruiniert hast!«

»Willst du mir das erklären oder soll ich es einfach als Beschimpfung hinnehmen?«

Wie konnte Sven nur immer so gelassen bleiben!

»Wenn du nicht verhindert hättest, dass ich bei der Aussprache zwischen Lucilla und Justus dabei bin, dann hätten wir kein Problem.«

Sven lachte. Sven *lachte!*

»Was?«, brüllte ich ins Telefon.

Nachdem er sich beruhigt hatte, meinte er: »Dann hätten wir jetzt mindestens zwei Probleme.«

»Wieso das denn? Immerhin sind die beiden nicht mehr zusammen«, sagte ich mit Nachdruck.

»Ja, aber das waren sie vorher auch schon nicht mehr. Und wenn du dabei gewesen wärst, wären sie jetzt vermutlich nicht nur nicht mehr zusammen, sondern mindestens einer von den beiden wäre gerade dabei, das Land zu verlassen.«

Oskar stand plötzlich hinter mir. »Jojo, es ist halb sieben.«

Ich sah ihn irritiert an. Übte er für einen Job bei der Zeitansage?

»Ich telefoniere«, sagte ich leicht pikiert.

»Ja, aber du wolltest doch, dass um halb sieben niemand telefoniert. Wir sollten alle daran denken. Ich dachte, ich erinnere dich besser daran.«

»Richtig! Lucilla wollte noch mal anrufen.« Das hätte ich fast vergessen.

»Aber du hast doch gerade zwei Stunden mit Lucilla verbracht«, wunderte sich Oskar.

»Ja sicher, und das hat sie auch bitter nötig, weil ein gewisser Jemand mich nicht in ihrer schwierigsten Stunde hat bei ihr sein lassen!« Den letzten Satz sagte ich ins Telefon.

Sven stöhnte auf.

»Aber ich verzeihe dir«, fügte ich schnell hinzu.

»Ich wusste, ich kann mich auf deine Großmut verlassen«, sagte Sven.

»Meinst du das ironisch?«

»Nein, lieb.«

»Hab ich dir schon mal gesagt, dass du der beste Freund bist, den sich ein Mädchen wünschen kann?«

»Nein, aber das wusste ich auch so.«

»Ach, Sven!«

»Leg jetzt besser auf, sonst verliert Lucilla völlig die Fassung, wenn sie dich nicht erreicht.«

Ich legte auf. Sofort klingelte wieder das Telefon.

»Bei dir ist dauernd besetzt«, beschwerte sich Lucilla mit leidender Stimme.

»Entschuldige, ich hab noch mit Sven telefoniert.«

»Schön, wenn man einen Freund hat«, schniefte Lucilla.

Ich richtete mich auf ein längeres Gespräch ein.

Montag, 24. Juni

Eigentlich war jetzt so weit alles wieder in Ordnung. Bis auf Lucilla und Justus natürlich. Das war gar nicht in Ordnung. Und Lucilla trug es ganz und gar nicht mit Fassung oder heldenhaft. Sie heulte und lamentierte und erklärte jedem, ob er es hören wollte oder nicht, dass ihr Leben nun zu Ende sei.

Heute lief sie auf dem Nachhauseweg neben mir her und redete, beziehungsweise heulte energisch auf mich ein.

Ich hatte sie zweimal darauf aufmerksam gemacht, dass sie abbiegen musste, wenn sie zu sich nach Hause wollte. Aber sie beachtete mich gar nicht. Sie jammerte von Justus, von der guten Zeit, die sie gehabt hatten, und natürlich von der guten Zeit, die sie jetzt nicht mehr hatten.

»Weißt du, Jojo, so einen Jungen finde ich nie wieder. Mein ganzes Leben ist verpfuscht.« Sie schniefte und sah auf. »Hier wohne ich aber nicht«, bemerkte sie.

»Nein, ich wohne hier«, erklärte ich. »Ich hab dir ein paarmal gesagt, dass du in die falsche Richtung gehst, aber du hast nicht auf mich gehört.«

»Ah«, meinte Lucilla und dann standen wir auch schon in der Küche.

Meine Mutter warf einen mitleidigen Blick auf Lucilla. Sie bot ihr einen Platz am Tisch an und stellte ihr gleich einen Teller hin.

»Danke, Frau Sonntag«, schniefte sie.

Während Lucilla meine Mutter und Flippi vollschniefte, rief ich schnell Lucillas Mutter an, um ihr zu sagen, dass Lucilla heute bei uns aß.

Als ich wiederkam, hatte Lucilla schon einen vollen Teller vor sich stehen und futterte munter drauflos. Dabei erzählte sie, was sie nun in ihrem Leben nicht mehr erleben würde.

Ich setzte mich und sah misstrauisch auf meinen Teller. »Wer hat gekocht?«, fragte ich Flippi flüsternd.

Flippi machte eine Kopfbewegung in Richtung meiner Mutter und beobachtete Lucilla, wie sie tatsächlich ihren Teller leer aß.

Als Lucilla fertig war und aufstand, um sich ein Taschentuch zu holen, tauschte Flippi unbemerkt von meiner Mutter ihren Teller blitzschnell mit dem von Lucilla. Dann lehnte sie sich zufrieden zurück. Murks, da hätte ich auch draufkommen können.

Lucilla setzte sich wieder und aß weiter. »Justi war

immer so aufmerksam und höflich. So etwas ist selten.«

Kurz darauf hatte Lucilla auch den zweiten Teller leer gegessen.

Flippi und ich sahen uns erstaunt an.

Okay, jetzt war ich an der Reihe. Ich wollte meinen Teller ebenfalls mit Lucillas austauschen, aber meine Mutter war schneller und gab Lucilla nach.

»Jojo, du möchtest auch noch etwas?«, fragte sie und sah auf meinen Teller, der sich gerade auf halbem Wege zu Lucilla befand. »Es ist genug da, iss doch erst mal auf«, tadelte sie mich, gab mir aber trotzdem eine zweite Portion.

Murks. Flippi grinste schadenfroh und ich überlegte, wie ich den Inhalt verschwinden lassen könnte.

»Was hältst du davon, wenn ich eine Trostschnecke für dich züchte?«, überlegte Flippi in Richtung Lucilla. »Der Prototyp ist allerdings etwas teurer. Wegen der Entwicklung und der vielen Arbeit, die drinsteckt.«

Lucilla sah sie gerührt an. »Das ist lieb von dir. Aber meinen Justi kann niemand ersetzen.« Sie sah auf ihren schon wieder leeren Teller.

Meine Mutter kam sofort mit dem Topf. »Möchtest du noch etwas?«

»Ach, nein danke, Frau Sonntag. Ich krieg keinen Bissen runter. Das ist so, wenn man Liebeskummer hat, man ist völlig appetitlos.«

»Dann möchte ich aber nicht mit Lucilla am Tisch sitzen, wenn sie nicht appetitlos ist«, sagte Flippi zu mir.

»Ich muss jetzt auch gehen«, meinte Lucilla. »Meine Mutter wartet mit dem Essen. Ich ruf dich an, sobald ich zu Hause bin, Jojo.«

Montagabend, 24. Juni

Ich hatte Lucilla gerade verabschiedet und mich ziemlich geschafft in die Küche geschleppt. Flippi saß noch am Tisch und genehmigte sich einen Nachtisch in Form von Gummibärchen mit Marmeladenüberzug. Sie wedelte sich gedankenverloren mit einem großen Umschlag Luft zu. Es handelte sich ohne Zweifel um eine Einladung zum Finale der *Haarscharf*-Party. Aber ich blieb ganz gelassen.

»Und, gehst du hin?«, fragte ich.

Diese Veranstaltung war für mich völlig uninteressant geworden. Mochten Serafina und ihre Hühner sich dort um das goldene Haarnetz streiten. Ich brauchte das nicht mehr.

Flippi schüttelte den Kopf. »Ach, ich glaube kaum. Ein schlechter Absatzmarkt. Schnecken wollte da keiner. Dabei hab ich spezielle Haar-Schnecken angeboten.« Dann grinste sie. »Außerdem ist die Einladung für dich!«

»Waas?« Ich riss sie ihr aus der Hand. Tatsächlich, da stand mein Name drauf. »Oh mein Gott, ich bin eingeladen worden! Ich gehöre dazu! Ich bin cool!«

Meine Mutter unterbrach ihre Aufräumarbeiten

und sah mich panisch an. »Du hast schon wieder keine Einladung bekommen?«

Ich schüttelte strahlend den Kopf. »Nein.«

Meine Mutter erstarrte. »Ich will nicht, dass schon wieder eine Party gefeiert wird und meine Tochter sich zu Hause die Augen ausheult«, sagte sie voller Inbrunst.

»Aber Mam, nein, ich hab …«

Meine Mutter sah mich mit Tränen in den Augen an. »Ach, Jojo-Schatz, du musst jetzt nicht tapfer sein«, sagte sie und nahm mich ganz fest in den Arm.

»Mam! Hör doch mal zu, ich hab eine Einladung bekommen!«, versuchte ich es noch einmal. Allerdings war ich nur schwer zu verstehen, weil meine Mutter mich so fest im Arm hielt, dass ich durch den Ärmel ihrer Angora-Strickjacke und tausend Flusen sprechen musste.

Meine Mutter ließ mich wieder los. »Ich werde das nicht noch mal zulassen!«

Meine Güte, hörte diese Frau denn gar nicht zu? Ich drückte ihr die Einladung in die Hand.

Sie schaute drauf und erstarrte. »Aber die ist doch für dich, Jojo! Was erzählst du denn?« Sie strahlte. Dann wurde sie plötzlich ganz ernst. »Du gehst da auf keinen Fall hin. Was glauben die eigentlich, wer sie sind! Mal laden sie dich ein, mal nicht! Ohne uns!«

Meine Mutter hatte mich völlig verwirrt, ich schaute sie nur verblüfft an.

Sie dachte kurz nach. »Wir brauchen eine Party!«,

sagte sie schließlich. Sie strahlte. »Ja genau! Wir geben eine eigene Party. Eine Gartenparty! Genau am selben Tag. Dann kann ich auch meine ersten gärtnerischen Erfolge präsentieren.«

Flippi und ich warfen einen Blick nach draußen. Der Garten sah aus, als hätte ein Orkan bereits zusammen mit einem Tornado und einer Springflut eine wilde Party gefeiert.

Ich hob den Umschlag hoch. »Aber ich hab doch eine Einladung!«

Meine Mutter nahm sie mir aus der Hand und warf sie achtlos auf den Küchentisch. »Unsere Party wird viel besser!«

Oskar musste mich retten. Sobald er heute Abend heimkam, musste er was unternehmen. Wenn er den Plan meiner Mutter nicht verhindern konnte, dann würde meine Mutter mich womöglich noch zwingen, für den Titel der Miss Sauerkirsche oder Miss Broccoli zu kandidieren.

Meine Mutter fing sofort an, eine Einladungsliste zu schreiben. Jede Menge Kollegen aus dem Theater und so ziemlich alle Nachbarn standen nach kurzer Zeit darauf. Dann fiel ihr Blick auf mich.

»Richtig, wir brauchen noch ein paar Kinder.« Sie überlegte. »Sven, Lucilla …«

»Ja, aber muss das denn wirklich sein?«

Meine Mutter nickte finster. »Es muss.« Sie überlegte. »Justus könnte auch kommen, er ist doch mit Lucilla befreundet.«

»Mam, die beiden sind nicht mehr zusammen«,

protestierte ich. »Das hast du doch eben gehört. Deshalb heult sie so.«

»Dann passt das ja prima! Die beiden können gleich neue Leute kennenlernen. Lade auch noch diese beiden Mädchen ein, mit denen du vor Kurzem zusammen warst.«

Ich dachte nur ungern an das Treffen mit Ulrike. Das mit dem Körbewerfen war ja gründlich danebengegangen und seitdem sah sie mich immer komisch an, wenn wir uns in der Schule über den Weg liefen.

»Ulrike muss trainieren«, sagte ich schnell.

»Und wenn diese Schneckenquälerin kommt, wird sie ein Flippi-Zorn-und-Wut-Ritual erleben, von dem sie noch lange was hat!«, drohte Flippi düster.

Damit war diese Einladung auch erledigt.

Dienstag, 25. Juni

Als ich Lucilla heute früh in der Schule getroffen und ihr von der Gartenparty meiner Mutter erzählt hatte, wurde sie ganz aufgeregt.

»Deine Mutter ist wirklich ein Schatz!«, strahlte sie.

Ich sah sie irritiert an.

»Sie veranstaltet extra eine Party, damit Justi und ich wieder zusammenkommen.«

Bitte? Hatte ich so was gesagt? »Also, eigentlich geht es ja darum …«

»Wie romantisch! Auf einer Gartenparty werden wir dann wieder zueinanderfinden.«

»Lucilla, wir wissen ja noch nicht mal, ob Justus überhaupt kommt«, sagte ich verzweifelt.

»Ihr habt ihn nicht eingeladen?« Lucilla sah mich tadelnd an. »So kann das aber nichts werden.«

Bevor ich darauf antworten konnte, kam Serafina vorbei. Ich wappnete mich für die Beleidigung, die sie mir entgegenschmettern würde.

»Hallo, Jojo, echt coole Schuhe.« Serafina lächelte mir zu und ging weiter.

Lucilla und ich schauten auf meine Schuhe, dann sahen wir Serafina verblüfft nach.

»Ist das eine neue Beleidigungsform?«, wollte ich von Lucilla wissen.

Lucilla zuckte die Schultern. »Keine Ahnung, das muss neu sein.« Dann fiel ihr wieder ihr Problem ein. »Du musst unbedingt Justus einladen.« Sie überlegte. »Am besten jetzt gleich. Er hat heute zur ersten Stunde Schule.«

»Ja, und ich auch! Lucilla, wie stellst du dir das vor?«

Ein neuer Gedanke überfiel Lucilla und sie krallte sich in meinen Arm. »Oh Gott!«

Ich sah mich panisch um. »Was denn? Was ist los? Kommt Serafina zurück?«

Lucilla sah sich auch um. »Keine Ahnung. Aber was ist, wenn Justus gar nicht kommen will?« Sie blickte mich mit Tränen in den Augen an.

»Lucilla, nun warte doch erst mal ab.«

»Bestimmt wird er absagen«, schluchzte Lucilla. »Das würde ich nicht ertragen.« Sie sah dramatisch in die Ferne. Dann drehte sie sich so abrupt zu mir um, dass ich einen Satz nach hinten machte. »Du musst ihn überreden, Jojo!«

»Kann ich ihn denn nicht einfach erst mal fragen?«, bat ich verzweifelt.

»Oder Sven. Oder deine Mutter! Justus muss einfach kommen!«

Zum Glück ertönte in dem Moment der Schulgong.

Und mehr denn je wünschte ich, ich könnte einfach auf die Party der Coolen gehen.

In der Pause war Lucilla noch aufgeregter. »Ich werde ganz cool sein, wenn ich Justus treffe. Das wird ihn beeindrucken.«

»Meinst du, das funktioniert?«

Lucilla sah mich panisch an. »Natürlich, du hast recht. Das hat uns schließlich auseinandergebracht und unser junges und hoffnungsvolles Glück so jäh enden lassen!« Sie machte ein entschlossenes Gesicht. »Ich werde ganz normal sein!«, verkündete sie. Dann fiel ihr wieder etwas ein. »Und was, wenn ich gar nicht mehr anders als cool sein kann?«

»Bitte?«

»Na, ich war doch so lange cool, dass mir das schon in Fleisch und Blut übergegangen ist. Was ist, wenn ich das Normalsein verlernt habe?«

Mir schwirrte der Kopf, aber bevor ich noch etwas

sagen konnte, beantwortete sich Lucilla die Frage auch schon selbst. »Am besten, ich übe es ein wenig. Und du hilfst mir dabei.«

»Lucilla, ehrlich, komm doch einfach so, wie du bist. Das wird schon reichen«, stöhnte ich.

»Bist du verrückt?«, fauchte mich Lucilla an. »Meinst du, ich will so etwas Wichtiges dem Zufall überlassen?«

Serafina kam wieder vorbei. »Wir sehen uns dann morgen bei der Party, Jojo!«, rief sie und winkte mir zu.

Ich war völlig verblüfft.

Lucilla sah mich leicht neidisch an. »Hast du es gut, Jojo. Wenn Serafina dich grüßt, gehörst du zu den Coolen.« Sie stutzte. »Hast du sie etwa zu eurer Gartenparty eingeladen?«, fragte sie dann entsetzt.

Ich winkte ab. »Nein, sie meint diese Frisur-Party. Ich hab 'ne Einladung für das *Haarscharf*-Finale bekommen!«

Lucilla blieb vor Staunen der Mund offen. »Hast du nicht!«

»Doch«, meinte ich und es schwang schon etwas Stolz mit.

»Wow! Doppel wow!«, meinte Lucilla anerkennend. Dann seufzte sie: »Ach, du hast es sooo gut, Jojo. Jetzt bist du cool, du gehörst dazu!«

Ich sonnte mich ein wenig in meinem Erfolg.

Lucilla seufzte versonnen. »Womöglich gibt dir Serafina sogar Tipps, wie man Jungs beeindruckt. Hast du's gut!«

Ich lächelte. Dann schaute ich Lucilla ärgerlich an. »Lucilla! Was ist bloß los mit dir?«

Lucilla guckte groß.

»Mann!«, rief ich. »Du Schäfchen! Genau das hat sie doch mit dir gemacht! So ist alles passiert. Dass du jetzt nicht mehr mit Justus zusammen bist und so!«

Lucilla schaute noch einen Moment benommen, dann nickte sie eifrig. »Genau! Du hast recht. Und jetzt bin ich dermaßen cool, dass ich gar nicht mehr weiß, wie man normal sein kann!«

Der letzte Satz von Lucilla irritierte mich ein wenig, aber nicht mehr als üblich, ich kannte Lucilla ja lange genug.

Ich schüttelte den Kopf, meine Güte, diese Serafina war wirklich durchtrieben. Bei dem Gedanken, dass sie offensichtlich glaubte, nun könnte sie mich um den Finger wickeln, wurde ich ziemlich wütend. Aber Lucilla hatte inzwischen ein anderes Problem.

»Was findest du normaler?«, fragte sie. »Wenn ich so gehe …«, sie stakste wie ein Storch, »oder so?« Jetzt ging sie wie ein fußkrankes Nashorn.

Ich war etwas überfordert. »Wieso gehst du nicht einfach so wie immer, eben ganz normal … äh … eben so …« Ich fing allen Ernstes an vorzumachen, wie man normal läuft. Das heißt, ich wollte es vormachen, trat mir aber dabei auf den Schnürsenkel und stolperte. »Na ja, nicht ganz so«, gab ich zu.

Lucilla sah mich nachdenklich an. »Vielleicht sollte ich nicht gerade dich fragen, was normal ist«, überlegte sie. »Am besten, ich frage Sven. Der ist am normalsten.«

»Hey, Moment mal! Was soll denn das heißen? Ich weiß sehr wohl, was normal ist. Los, frag mich was!«, forderte ich empört.

»Jojo, sei nicht sauer. Das ist einfach nicht dein Ding. Sorg du nur dafür, dass Justi kommt, okay?«, sagte sie und legte mir die Hand auf den Arm.

Dienstagabend, 25. Juni

Ich hing den ganzen Nachmittag am Telefon und lauschte Lucillas verschiedenen Szenarien, was passieren würde, wenn Justus und sie auf der Party wieder aufeinandertreffen würden. Um meinem Ohr etwas Ruhe und Erholung zu gönnen, ging ich anschließend aus dem Haus. Zu Sven.

Er war nicht in der Garage. Ich lief ums Haus herum und sah ihn im Garten. Er mähte den Rasen. Merkwürdig.

»Hey, Sven!«, rief ich.

Sven fuhr erschrocken herum. »Ach, Jojo, du bist es«, meinte er erleichtert, als er mich sah.

»Was dachtest du denn, wer es ist?«

»Justus. Der hängt hier jeden Tag rum«, erklärte Sven.

Ich blickte mich um. »Wo?«

»In der Garage, er will ein deprimierendes Umfeld. Aber ich halte das Geschnaube und Gestöhne nicht mehr aus. Deshalb bin ich hier im Garten und mähe den Rasen.«

Sven musste wirklich sehr verzweifelt sein, wenn er ernsthaft arbeitete.

»Ach, ich hab übrigens eine Einladung«, sagte ich möglichst lässig.

»Wofür?«, fragte Sven.

»Für die *Haarscharf*-Finale-Party«, antwortete ich triumphierend und wedelte mit der Einladung herum.

Sven schaute kurz drauf. »Wieso?«

Ich war ein bisschen enttäuscht über Svens Reaktion. Schließlich war ich damit in die coole Riege aufgenommen. »Ist doch egal! Ich gehe jedenfalls vielleicht dahin.«

Sven sah mich verwundert an. »Und schon wieder muss ich fragen: Wieso?«

»Na ja, ich kann doch gesellschaftliche Verpflichtungen nicht so einfach ignorieren.«

»Jojo, es gibt echt keinen Grund, seine Zeit mit dieser blöden Party zu vertrödeln.«

»Ach ja, aber beim letzten Mal warst du doch auch da.«

»Weil ich bis eine Stunde vorher dachte, wir beide gehen da zusammen hin!«

Das Thema wollte ich jetzt nicht vertiefen.

»Na, aber …« Ich überlegte krampfhaft. »Sieh mal. Die haben extra ein Blatt und einen Umschlag benutzt, um mich einzuladen. Das wäre doch echt eine Papierverschwendung, wenn das umsonst gewesen wäre.«

Sven sah nachdenklich aus. »Verstehe, du willst den Wald retten, indem du jede Einladung annimmst, für die ein Baum zu Papier geworden ist?«

Ich sah ihn verzweifelt an. »Aber ich muss doch dahin, wo ich endlich eine Einladung bekommen habe …«

»Jojo, das ist bestimmt nur wieder eine weitere Bosheit von Serafina«, vermutete Sven.

»Siehst du! Und deshalb sollten wir sie auch im Auge behalten. Und zwar auf der Party«, erklärte ich eifrig. »Wieso soll die Einladung eine Bosheit von Serafina sein?«, fragte ich leicht beleidigt. »Schließlich kann ich ja auch einfach nur eine Einladung bekommen haben, weil jemand gerne möchte, dass ich auf die Party gehe!«

Sven grinste. »Ja, und dieser Jemand ist Serafina. Weil sie nämlich auch der Jemand war, der bei der letzten Party dafür gesorgt hat, dass du nicht eingeladen wurdest.«

Ich sah ihn skeptisch an. »Wenn Serafina für die Einladungen verantwortlich war, wieso hat Flippi dann eine bekommen?«

Sven grinste ein etwas schiefes Lächeln. »Die Vorstellung, wie du verzweifelt auf deine Einladung wartest und Flippi mit ihrer herumwedelt, hat Serafina wahrscheinlich besonders viel Spaß gemacht.«

Ich überlegte. Irgendwie sagte Sven nur Sachen, die ich nicht unbedingt hören wollte. »Und woher willst du das wissen? Hast du einen Schnellkurs in Gedankenlesen gemacht?«

Sven lachte. »Nein, es reicht, wenn ich zuhöre.«

Jetzt sah ich ihn völlig verwirrt an.

»Justus hat doch hier sein zweites Zuhause. Er hat es mir erzählt, weil Serafina zurzeit von nichts anderem spricht. Ich hab's also sozusagen aus verlässlicher Quelle. Der Friseur hat eine Stammkundin, nämlich Serafinas Mutter, angesprochen, was sie denn von so einer Werbeveranstaltung wie der Suche nach dem *Haarscharf*-Girl hält. Sie war hellauf begeistert und hat ihm eine Liste von Teenagern versprochen, die an so was interessiert sein würden. Wer dann diese Liste geschrieben hat, kannst du dir wohl denken.«

Aha. Wenn das, was Sven sagte, stimmte, machte die ganze Sache plötzlich Sinn.

Ich seufzte und kuschelte mich an ihn. »Okay, dann eben nur Gartenparty bei Oskar und meiner Mutter.«

»Was?«

»Ach, richtig. Du bist eingeladen. Meine Mutter hat beschlossen, dass ihre Tochter nicht wieder allein zu Hause sein soll, weil sie keine Einladung hat, und will deshalb eine eigene Party geben.«

»Aber du hast doch eine Einladung«, warf Sven ein.

Ich verdrehte die Augen. »Du kennst doch meine Mutter!«

Sven nickte verständnisvoll.

»Ach ja, und weißt du was, Sven, bring Justus mit zur Gartenparty, das könnte dein Problem lösen.«

»Oder das bestehende verschlimmern«, meinte Sven skeptisch.

Donnerstag, 27. Juni

Übermorgen sollte der große Gartenball stattfinden, bei dem unser Garten in voller Pracht erscheinen und allen Nachbarn vorgeführt werden sollte.

Leider hatte der Garten diese Information mit der vollen Pracht weiterhin großzügig ignoriert und befand sich nach wie vor in einem Zustand, der mehr an einen Generalstreik erinnerte. Genau genommen sah er ziemlich traurig aus. Der ehemals wilde Garten von Oskar, der durchaus seinen eigenen Charme gehabt hatte, sah jetzt aus wie ein gerupftes Huhn.

Das schien wohl auch meiner Mutter aufzufallen. Sie stand etwas verloren inmitten der Ansammlung von Waldmeister, Obstbäumen, Tomaten- und Kartoffelpflanzen und dergleichen und hielt eine leider nicht zu überhörende Zwiesprache mit ihren Schützlingen.

»Warum wollt ihr denn nicht wachsen? Ich gebe mir doch alle Mühe und versuche euch die Wünsche von den Blättern abzulesen.« Dabei blätterte sie verzweifelt in einem Buch mit dem Titel *Was Ihr Obst und Gemüse so braucht – die sanfte Art, es zum Wachsen zu bringen.*

Gott, war das peinlich! Wahrscheinlich hatte sie auch schon gießkannenweise ihren Problem-Lösungs-Tee über die armen Kerle geschüttet.

Ich war kurz davor, mir meinen Globus zu schnappen und ein Auswanderungsland auszusuchen, das so weit wie möglich von hier entfernt war, da kam Oskar dazu.

»Das wird wohl übermorgen eher eine Blamage, was?«, fragte meine Mutter ihn etwas kleinlaut.

Oskar nahm sie in den Arm und tröstete sie. »Wenn du willst, kümmere ich mich darum.«

Meine Mutter nickte dankbar.

Freitag, 28. Juni

Als ich aus der Schule kam, gab es kein Mittagessen. Meine Mutter war nicht da und Oskar war mit Flippi im Garten zugange. Ich verzog mich in mein Zimmer, aber das Drama im Garten konnte man bis ins Haus hören.

»Nein, Flippi, das hab ich mir ehrlich gesagt etwas anders vorgestellt«, sagte Oskar mit leicht leidendem Unterton.

»Aber es sieht nett aus«, gab Flippi zurück.

»Aber Bananen, Ananas, Orangen und Schokoriegel wachsen hier doch gar nicht!«

»Willst du jetzt meine Hilfe oder nicht?«, fragte Flippi zurück.

»Wollen ist übertrieben, ich brauche sie unbedingt. Weil deine Mutter gleich zurückkommt. Und dann muss es fertig sein. Außerdem bezahle ich dich dafür«, seufzte Oskar.

»Na dann solltest du meine teure Arbeitszeit auch nicht mit Reden vergeuden«, bemerkte Flippi trocken und die Diskussion war erledigt.

Ich ging zum Fenster und sah nach draußen.

Es bot sich ein äußerst skurriles Bild. Oskar und Flippi waren damit beschäftigt, verschiedene Obst- und Gemüsesorten an diverse Büsche, Bäume und andere Pflanzen zu binden.

Flippi hatte dabei ihr eigenes System. Während Oskar noch versuchte, die Gemüse- und Obstsorten den richtigen Pflanzen zuzuordnen, machte das Flippi eher frei Schnauze. Die Bananen steckten wie Karotten in der Erde, dafür baumelten die Gurken vom Kirschbaum. Die Salatköpfe hingen im Brombeerbusch und die Ananas hatte eine Tomatenpflanze schon in einem schönen Bogen zur Erde gezogen.

Oskar sah Flippi kopfschüttelnd zu und überlegte wohl, ob es Sinn machte, noch mal mit ihr darüber zu reden. »Vielleicht hast du ja recht«, meinte er. »Dann machen wir es jetzt aber auch richtig bunt.«

Oskar hängte die Kartoffeln an die Himbeerhecke, die Tomaten an den Stachelbeerstrauch und die Erdbeeren band er an den Rosenstrauch.

Ob ich das wohl strafmildernd bei meiner nächsten vermasselten Bioarbeit erwähnen könnte?

Na, besser ich dachte doch noch mal über das Auswandern nach.

Als meine Mutter nach Hause kam, führte Oskar sie in den Garten.

Meine Mutter entdeckte sofort die Früchte. »Was ist denn hier passiert?«, freute sie sich.

»Bei dir wachsen die Sachen eben doch«, lächelte Oskar sie an. »Und zwar besser als irgendwo anders!«

Sie ging näher heran, dann drehte sie sich zu Oskar um. »Und sie wachsen sogar mit kleinen Bindfäden.«

»Das ist eine neue Sorte zum besonders leichten Ernten«, erklärte Oskar und legte den Arm um sie.

Sie sah zum Kirschbaum. »Ich wusste gar nicht, dass wir einen Gurkenbaum haben«, grinste sie.

»Ich auch nicht«, gab Oskar zu. »Aber Flippi war der festen Überzeugung, dass es so etwas geben würde.«

Meine Mutter kuschelte sich in Oskars Arm. »Das war echt lieb von euch. Vielen Dank. Obwohl ich mit Flippi noch ein paar Garten-Nachhilfestunden abhalten sollte.«

»Gefällt es dir denn?«, fragte Oskar vorsichtig.

»Es ist wundervoll. Genau so hab ich mir den Garten immer gewünscht«, hauchte meine Mutter.

Dann kam ihr wohl ein Gedanke. »Heißt das etwa, dass mein Garten nicht gut genug war?«, fauchte sie Oskar an.

»Aber nein, nein, Isolde«, sagte Oskar schnell und legte ihr den Arm um die Schultern. »Ich dachte nur, ich helfe deinen Pflanzen etwas beim Wachsen. Nächstes Jahr sieht es ganz von alleine so aus.« Dann fiel ihm etwas ein. »Außerdem wolltest du doch, dass ich mich darum kümmere!«, sagte er leicht vorwurfsvoll.

derselbe Freitag, 28. Juni

Ich machte mich auf den Weg zu Sven. In seiner Garage würde es sicher weniger chaotisch zugehen – von Chipstüten in Autoreifenstapeln mal abgesehen.

Als ich in Svens Straße einbog, kam er mir schon entgegen.

»Hey, woher wusstest du denn, dass ich kommen würde?«, freute ich mich und küsste ihn zur Begrüßung. Das musste einfach Liebe sein, wenn er spürte, dass ich kam, und mich abholte.

»Ehrlich gesagt hab ich das nicht gewusst. Ich muss nur Chips holen. Kommst du mit?«

»Hast du jetzt einen Lieferdienst für Justus übernommen?«

Wir gingen in Richtung Geschäft.

»Nein, aber eine Aufenthalts-Garage für Beziehungsfrustrierte mit Chips-Ausgabe.« Sven seufzte. »Ich komme zu gar nichts mehr. Außer zuhören und

Chips kaufen gehen. Ich fange aus lauter Verzweiflung sogar schon an, die Aufträge meiner Mutter auszuführen. Das ist echt kein Leben. Der Kerl sitzt den ganzen Tag in meiner Garage und futtert Chips.«

»Das kenne ich. Lucilla hat neulich sogar klaglos drei Portionen von dem selbst gekochten Essen meiner Mutter verputzt.«

Sven sah mich erstaunt an. »So schlimm ist es?«

Ich nickte. »Wobei ›klaglos‹ sich auf das Essen bezog. Über Justus und Serafina hat sie sich die ganze Zeit beklagt. Der Armen geht es wirklich nicht gut.«

»Bei drei Portionen ...« Sven nickte verständnisvoll.

Wir waren inzwischen im Geschäft und Sven griff nach ein paar Tüten Chips.

»Hast du ihn schon gefragt wegen der Gartenparty?«, erkundigte ich mich.

Sven verdrehte die Augen. »Deswegen stehe ich ja hier. Daraufhin hat er erst mal 'ne Tüte Chips auffuttern müssen.«

Er zahlte die Chips und wir schlenderten wieder zurück.

Sven blieb plötzlich stehen. »Jojo, wir müssen was tun!«

»Wie? Du meinst, einmischen?«, fragte ich ungläubig.

»Egal, Hauptsache, ich habe meine Garage wieder für mich! Wir müssen die beiden unbedingt wieder zusammenbringen.«

Ich sah Sven sprachlos von der Seite an. Normalerweise war so was mein Text und Sven hielt mir dann Vorträge über das Einmischen und was dadurch passieren konnte.

»Okay«, stimmte ich ihm zu. »Erst mal müssen wir schaffen, dass Justus zu unserer Party kommt.«

Als wir in die Garage kamen, stürzte sich Justus sofort auf die Chips.

Sven sah bedeutungsvoll zu mir.

»Hey, Justus, wie geht's?«, begrüßte ich ihn.

Justus verzog das Gesicht und sagte etwas, was durch die Chips wie »Frampfich« klang. Es konnte aber auch »Frag nicht« heißen.

»Ich hab mich gerade eben mit Lucilla unterhalten«, fing ich an.

»Lucilla interessiert mich überhaupt nicht mehr. Was hat sie denn gesagt?«

Ich überlegte. »Sie wollte auf unsere Gartenparty kommen. Und sie vermisst dich. Und sie hofft, dass du auch kommst.«

»Pffff«, machte Justus, und Sven und ich standen in einem Chips-Sprühregen.

»Das wird bestimmt lustig. Du kennst ja noch gar nicht die neuen Waldmeistersträucher von Jojos Mutter«, versuchte Sven ihn zu locken.

»Macht nichts, ich kenne ja auch die alten nicht«, brummte Justus.

»Na komm schon, Justus, meine Mutter kocht auch nicht.«

»Und es wird jede Menge Chips geben«, fügte Sven hinzu.

»Du musst einfach kommen«, sagte ich. »Oskar und Flippi haben sich so viel Mühe gegeben, sie haben sogar Bananen verbuddelt.«

Jetzt sahen mich Sven und Justus gleichermaßen verblüfft an.

Ich winkte ab. »Ist 'ne lange Geschichte.«

Justus ließ gleich wieder den Kopf hängen. Er sah in seine Chipstüte, die leer war. Dann stand er auf. »Na, ich geh dann mal. Bis später!«

Bei dem Wort »später« zuckte Sven leicht zusammen.

»Und wir sehen uns dann morgen Nachmittag!«, rief ich ihm fröhlich hinterher.

»Ich weiß noch nicht, ob ich komme. Wann fängt es denn an?«

»Pünktlich um fünf.«

»Um fünf? Ich glaube aber nicht, dass ich komme.«

Samstag, 29. Juni ....

Es war drei Uhr. Und es klingelte.

Meine Mutter und Oskar waren eifrig damit beschäftigt, die Gartenparty vorzubereiten. Flippi hatte mit ihren Schnecken zu tun. Wahrscheinlich schmückte sie sie festlich.

Also öffnete ich.

»Hey, Jojo. Ich glaub, ich bin ein bisschen früh!«

Vor der Tür stand Justus. »Ich weiß auch gar nicht, ob ich bleibe«, setzte er noch hinzu. Er sah sich suchend um.

Ich mich daraufhin auch. In Ermanglung einer Garage bot ich ihm schließlich das Gartenhäuschen an.

»Wieso wartest du nicht einfach dort?«, schlug ich vor. »Ich bring dir ein paar Chips.«

»Okay.« Justus nickte. »Aber ich werde sicher nicht lange bleiben.«

Ich hatte gerade die Chips geholt und wollte zu Justus, als es schon wieder klingelte.

Nachdem immer noch keiner in meiner Familie die Bereitschaft zeigte, Verantwortung für klingelnde Türen zu übernehmen, ging ich wieder hin.

»Hallo, Jojo, ich weiß, ich bin ein bisschen früh …«

»… und du weißt auch noch nicht, ob du bleibst.« Ich nickte.

Lucilla sah mich verblüfft an. »Blödsinn. Wie kommst du denn darauf? Ich hab es zu Hause nicht mehr ausgehalten. Ich hatte so eine Angst, Justus zu verpassen. Wie sehe ich aus?«

»Super!«, sagte ich bewundernd.

Sie sah mich böse an. »Wie bitte?«

Durfte ich ihr plötzlich keine Komplimente mehr machen? Dann fiel es mir wieder ein. »Ich meine, du siehst voll normal aus«, verbesserte ich mich schnell.

»Und? Wird er kommen?«, fragte Lucilla aufgeregt.

Ich überlegte kurz, dann grinste ich und drückte ihr die Chipstüte in die Hand. »Warum gehst du nicht einfach ins Gartenhäuschen?«

Lucilla sah mich irritiert an. »Hör mal, wenn du mich loswerden willst, kann ich auch einfach wieder gehen«, schmollte sie dann.

»Ehrlich, vertrau mir. In ein Gartenhäuschen zu gehen gehört zu den normalsten Dingen bei einer Gartenparty«, versicherte ich ihr und schob sie in Richtung Gartenhäuschen.

Lucilla lief brav los und ich wollte mich gerade wieder an der allgemeinen Vorbereitungshektik beteiligen, als mir etwas einfiel. Was, wenn wieder etwas schiefging? Als ich die beiden das letzte Mal bei ihrem Versöhnungsgespräch allein gelassen hatte, hatte das Gespräch mit Tränen und der Trennung geendet. Dieses Risiko konnte ich nicht noch einmal eingehen. Ich drehte mich um und rannte, so schnell ich konnte, zum Gartenhaus.

Ich stieß die Tür auf, hörte ein lautes »Aua« und stand Lucilla gegenüber. Sie rieb sich die Schulter und sah mich vorwurfsvoll an.

»Gut!«, rief ich erleichtert.

Lucilla hielt immer noch ihre Hand auf die Schulter und war etwas irritiert. »Was meinst du mit ›gut‹? Das hat wehgetan!«

Ich ließ mich nicht aus der Ruhe bringen, sondern sagte: »Gut. Ihr seid beide hier.«

»Allerdings. Du hast uns ja beide hierhergeschickt«, bemerkte Justus.

Lucilla zwinkerte mir zu und machte eine Bewegung in Richtung Tür. Richtig. Die beiden wollten möglichst unbeobachtet sein. Nun gut. Also beschloss ich, das Gartenhäuschen zu dekorieren. Nur für den Fall, dass sie doch meine Hilfe brauchten. Ich schnappte mir eine Lichterkette und eine Leiter und fing an, das Häuschen zu schmücken. Von außen. Dabei sah ich immer wieder durch das Fenster, falls ich doch eingreifen musste.

Als Lucilla mich sah, fing sie sofort wild an zu winken. Ich winkte zurück und machte ihr ein aufmunterndes Daumen-hoch-Zeichen.

Lucilla sprang zur Tür und schubste mich dabei fast von der Leiter. »Ach, Jojo, kannst du nicht woanders was dekorieren?« Sie sah sich suchend um. »Vielleicht da hinten den Komposthaufen.«

Ich sah in die Richtung. »Das ist der Komposthaufen von unseren Nachbarn. Ich glaube nicht, dass ich den schmücken sollte. Außerdem kann ich dir dann gar nicht zur Seite stehen.«

»Aber das sollst du doch auch nicht«, flehte mich Lucilla an. »Bitte lass mich einfach mit Justus alleine.« Dann verschwand sie wieder im Gartenhaus und zog die Tür hinter sich zu.

Na prima, kaum war Justus wieder da, war ich, die beste Freundin, abgemeldet. Ich sammelte meine Leiter und die Lichterkette ein und stapfte missmutig davon.

Im Garten kam mir Sven entgegen. »Hallo, Jojo, was hast du denn vor?«

»Fremde Komposthaufen schmücken«, brummte ich.

Sven sah mich irritiert an. »Wäre das nicht eigentlich Flippis Betätigungsfeld?«

Ich deutete mit dem Kopf zum Gartenhaus. »Lucilla und Justus sind da drin.«

»Wow, und?«

Ich zuckte die Schultern. »Ich weiß nichts Genaues, aber sieht wohl nicht schlecht aus.«

»Sollten wir da nicht vielleicht dabei sein?«, erkundigte sich Sven besorgt. »Nachher geht wieder was schief.«

»Hab ich schon versucht, aber Lucilla will nicht. Sie meint, sie muss mit Justus allein sein.«

Sven sah nachdenklich aus, dann nickte er. »Vielleicht hat sie recht. Am besten, wir sorgen dafür, dass sie nicht gestört werden.«

Wir sperrten mit der Leiter und der Lichterkette den Weg zum Gartenhaus ab.

Als wir damit fertig waren, war das Chaos am größten.

Meine Mutter lief aufgeregt hin und her. »Oskar, bist du sicher, dass wir genug Essen da haben? Vielleicht sollte ich doch noch schnell was zurechtmachen.«

Ein vielstimmiger Chor rief ihr ein deutliches »Nein!« entgegen.

Meine Mutter schmollte leicht, aber dann kamen auch schon die ersten Gäste und meine Mutter war anderweitig beschäftigt. Nämlich damit, die Theaterleute den Nachbarn vorzustellen und umgekehrt. Trotzdem mischten sich die Gruppen nicht. Sie setzten sich fein säuberlich getrennt an verschiedene Tische.

»Sag mal, was ist eigentlich mit Lucilla und Justus? Sollten wir nicht doch mal nachschauen?«, drängelte Sven.

»Weiß nicht.«

»Wir könnten ihnen etwas zu essen bringen. Das ist völlig unauffällig. Und wir sagen, es wäre nur noch ein Teller da, deshalb müssten sie ihn sich teilen!«

Ich schaute Sven voller Hochachtung an. Er zeigte wirklich ungeahnte Qualitäten im sich Einmischen. Er häufte Berge von Kartoffelsalat, Brot und Würstchen auf einen Teller. Dann stapften wir mit dem Teller in Richtung Gartenhaus.

Leider stieß ich gegen die Leiter und sie fiel mitsamt der Absperrung gegen das Gartenhäuschen. Unser Überraschungsmoment war damit zwar hin, aber die Tür öffnete sich und Justus und Lucilla guckten erschrocken heraus. Eng umschlungen! Hach, womöglich hatte der Knall der umgefallenen Leiter die beiden einander in die Arme getrieben! Manchmal sind meine Missgeschicke vielleicht doch zu was gut.

Justus hielt die Chipstüte in der Hand, sie war unversehrt! Wenn das kein gutes Zeichen war!

»Justi und ich sind wieder zusammen!«, strahlte mich Lucilla an.

Ich umarmte sie und Sven nahm Justus die Chipstüte aus der Hand.

Justus sah auf den Teller in Svens Hand, dann auf
die Chipstüte. »Mann, du musst ja Kohldampf haben!« Er schüttelte den Kopf.

Sven wollte gerade etwas zu Justus sagen, aber der
hatte seine ganze Aufmerksamkeit schon wieder Lucilla zugewandt und die beiden turtelten wie eh und
je. Justus erzählte Lucilla, wie toll ihre Haare glänzen
würden, und Lucilla hauchte alle zwei Minuten:
»Ach, Justi, du bist so süüüß!«

»Ich glaube, jetzt hab ich meine Chips und die Garage wieder«, flüsterte Sven mir zu. Dann zögerte er.
»Es sei denn, du hast immer noch zu viel Freizeit.«

Ich sah ihn empört an.

Bevor ich etwas sagen konnte, lachte Sven und
nahm mich in den Arm. Er küsste mich und sagte lachend: »Du kriegst deinen eigenen Reifenstapel
und deine Lieblingschips nehme ich auch ins Sorti-
ment auf.«

Im Garten herrschte beste Stimmung, die Party war
ein voller Erfolg.

»Hey, ich habe gerade eine Banane geerntet. Gibt
es dafür einen Preis?«, fragte ein Nachbar.

»Ja, Sie können den Maulwurf behalten, der noch
daranhängt«, kicherte die Souffleuse vom Theater.

Meine Mutter erntete für ihre Dekorationsidee
mit den Früchten und dem Gemüse großes Lob. Sie
gab es sofort an Oskar und Flippi weiter.

Flippi hatte einen Korb in der Hand und ging von Tisch zu Tisch.

»Wow, Flippi macht den Service?«, fragte mich Sven grinsend.

»Das kann ich mir kaum vorstellen«, zweifelte ich, denn von Zeit zu Zeit ertönten spitze Schreie aus den Ecken, wo Flippi sich gerade aufhielt. So lange, bis meine Mutter sie dann einfing und an unseren Tisch abführte.

»Die Menschheit ist einfach noch nicht reif für Schnecken«, schimpfte Flippi vor sich hin.

»Du bleibst jetzt hier!«, sagte meine Mutter streng und ging wieder.

Flippi stellte ihren Korb auf den Tisch. Ich warf einen Blick hinein. Im Korb befanden sich lauter Schnecken.

»Das ist ja eklig!«, beschwerte ich mich.

»Du solltest mal hören, was die Schnecken über dich sagen!«, gab Flippi zurück.

Sven grinste Flippi an. »Na, gehen die Geschäfte nicht so gut?«, unterbrach er unseren Streit.

»Ich hab die allerbesten freundlichsten Nachbarschaftsschnecken gezüchtet. Was wollen die Leute eigentlich noch? Als ich kurz meine Strategie geändert habe und freundliche Grillschnecken angeboten habe, wollte diese Barbarin dort Theodora doch glatt auf den Grill legen!«, empörte sich Flippi.

Während Sven weiter mit Flippi über Schnecken fachsimpelte, lehnte ich mich zurück und genoss den Abend.

Es wurde langsam dunkel und meine Mutter machte die Lichterkette an, die Oskar und Flippi aufgehängt hatten. Dabei gab es erst mal einen Kurzschluss, weil Flippi der festen Überzeugung war, dass man mit der Lichterkette unbedingt auch die Wassertonne beleuchten musste.

Es gab ein großes Aufflackern und sämtliche Lichter, auch die im Haus, gingen aus.

»Flippi!«, rief meine Mutter.

»Für das nächste Fest züchte ich Leuchtschnecken«, versprach ihr Flippi.

Oskar drückte meiner Mutter schnell eine Tasse Tee in die Hand. Dann schleppte er sämtliche Kerzenvorräte nach draußen und verteilte sie auf den Tischen. Durch das leichte Chaos, das bei dem Kurzschluss entstanden war, waren Nachbarn und Theaterleute nun ziemlich durcheinandergewürfelt.

Ich sah auf meine Uhr. Jetzt war Serafina vermutlich schon zum *Haarscharf*-Girl gekürt worden und die Party ging langsam zu Ende. Ich seufzte leise. Irgendwie war das ja schon doof. Da hatte ich endlich mal eine Einladung zu einer echt coolen Party bekommen und saß stattdessen zwischen verunstalteten Gemüsebeeten im eigenen Garten, sah Lucilla zu, wie sie »Justi« mit kleinen Häppchen liebevoll fütterte, und musste auch noch hören, wie Flippi Sven einen Vortrag über die Absatzmöglichkeiten von Schnecken hielt. Sie erzählte ihm, dass im Theater prinzipiell eine offenere Einstellung gegenüber diesen bewundernswerten Nutztieren herrsche als bei Nachbarn.

»Deshalb werde ich mich in Zukunft auf die Theaterschnecke spezialisieren«, sagte sie.

»Und was kann sie?«, wollte Sven wissen.

Flippi sah ihn spöttisch an. »Das werde ich dir gerade auf die Nase binden! Such dir eine eigene Geschäftsidee.«

Sven lachte.

Vielleicht war ich ja doch auf der richtigen Party.

»Ich bin jetzt bei neunzehn Üs«, flüsterte Sven mir zu. »Achtzehnmal bei ›Justi ist so süß‹ und einmal bei ›Die Limo schmeckt aber süß‹.«

»Das Limo-Ü zählt nicht«, flüsterte ich zurück.

Justus und Lucilla waren das personifizierte Glück. Sie strahlten, turtelten und fütterten sich gegenseitig mit allem Möglichen, sodass Flippi schnell ihren Schneckenkorb außer Reichweite schob. Zwischendurch versicherten sich Justus und Lucilla immer wieder gegenseitig, wie schrecklich die Zeit ohne den anderen gewesen war.

Wenn Serafina das jetzt sehen könnte, würden ihr sämtliche Haare auch ohne *Haarscharf*-Festiger und *Haarscharf*-Spray zu Berge stehen.

Ich schmiegte mich an Sven. Er legte den Arm um mich und sah mich liebevoll an.

Ja, ich war ganz sicher auf der richtigen Party.

Bei Thienemann von Hortense Ullrich
in der Reihe »Freche Mädchen – freche Bücher!«
ebenfalls erschienen:

Hexen küsst man nicht
Never Kiss a Witch
Liebeskummer lohnt sich
Doppelt geküsst hält besser
Liebe macht blond
Love is Blonde
Wer zuletzt küsst ...
... und wer liebt mich?
And Who Loves Me?
Ein Kuss kommt selten allein
Unverhofft liebt oft
Andere Länder, andere Küsse
Kein Tanz, kein Kuss
Liebe auf den ersten Kuss
Ferien gut, alles gut

Ullrich, Hortense
Ehrlich küsst am längsten
ISBN 978 3 522 50025 8

Reihen- und Einbandgestaltung: Birgit Schössow
Innentypografie: Marlis Killermann
Schrift: ITC New Baskerville und Smudger
Satz: KCS GmbH, Buchholz/Hamburg
Reproduktion: Medienfabrik, Stuttgart
Druck und Bindung: Friedrich Pustet, Regensburg
© 2005, 2009 by Thienemann Verlag
(Thienemann Verlag GmbH), Stuttgart/Wien
Printed in Germany. Alle Rechte vorbehalten.
5 4 3 2 1° 09 10 11 12

www.thienemann.de
www..frechemaedchen.de